Iain MacLean's *Co...* [...] *War)* is an account o̶f̶ t̶h̶e̶ f̶i̶r̶s̶t̶ d̶a̶y̶ o̶f̶ t̶h̶e̶ of the Somme through the eyes and the experience of a Highland soldier, Ruairidh, and his two friends.

MacLean first describes the waiting period, when the soldiers' emotions swing between tedium and high tension, fear and naïve over-confidence, and then, clearly and dispassionately, what the three men encounter as they go over the top and advance towards the enemy trenches – and the waiting machine-guns.

The novel follows Ruairidh through his convalescence in France and his journey home, where he struggles to come to terms with what has happened on that eventful day.

Cogadh Ruairidh is a powerful evocation of one of the grimmest days in the history of modern warfare. As an indictment of the brutality and futility of war, it is all the more effective for the fact that MacLean lets the events speak for themselves.

With chapter-by-chapter glossaries and summaries to assist Gaelic learners, this is a most impressive debut novel from yet another talented young Gaelic author.

COGADH RUAIRIDH

Iain Mac Ill Eathain

SANDSTONEPRESS
HIGHLAND | SCOTLAND

The Sandstone Meanmnach Series

Cogadh Ruairidh

First published in 2009 in Great Britain by Sandstone Press Ltd,
PO Box 5725, One High Street, Dingwall,
Ross-shire, Scotland IV15 9WJ

Thug Comhairle nan Leabhraichean tabhartas barantais
airson sgrìobhadh an leabhair seo, agus chuidich a' Chomhairle
le cosgaisean an leabhair.

EDITOR: Dòmhnall Iain MacLeòid

ISBN-13: 978-1-905207-30-5

Cover design by River Design, Edinburgh

Typeset in Plantin Light by Iolaire Typesetting,
Newtonmore, Strathspey

Printed in Great Britain by the MPG Books Group,
Bodmin and King's Lynn

Clàr-Innse/Contents

Story Outline

1. Ruairidh wakes alone in a darkened room in a darkened house troubled by disturbing visions of the war from which he has recently returned. The house is rat-infested and dank and he drinks in order to forget the horrors he has seen and heard. In a stupor, he trips and falls. He never wakes again.

2. Ruairidh, Eachann and Tormod are three friends billeted together in the trenches on the front line in the Great War. It's the 31st of June 1916, the eve of the Battle of the Somme. The men attend to their everyday tasks in this harsh environment, and receive a precious gift from a loved one at home.

3. There is to be an inspection of the troops by the Colonel. Ruairidh begins to think about the reasons behind the war in which they fight after being told by the Colonel of how proud he is of the ordinary Tommies and their outstanding courage. Ruairidh finds that he has learned to continue with the most mundane of tasks in the face of heavy shelling.

4. On the afternoon of the 31st of June 1916, Ruairidh begins his minute preparations for the battle the next day. The soldiers, mostly from the British Expeditionary Force, are to go 'Over the Top' across No Man's Land to attack the German position. Ruairidh and Eachann talk of their fears on the eve of battle, and of their trust in their superiors.

5. The morning of the battle. Ruairidh has spent an uncomfortable night and now finds himself gazing at the faces

of people he knows well, accepting that some will not survive. He questions their thoughts and motives, and in doing so, questions his own will to fight. He is hopeful, still, of an easy victory.

6. The final muster before the big push sees ladders being brought out and raised against the side of the trenches. Apprehensively, the soldiers watch as the ladders, and their full meaning, become clear in the growing light. The barrage, which has lasted eight full days, stops. Some mines are detonated and the soldiers prepare to climb . . .

7. Tormod is the first out of the trench. Just over the parapet he loses his footing in the mud and falls over. On seeing a soldier nearby being killed, he gets to his feet and charges. But the terrain is bad, the odds overwhelming.

8. Eachann proceeds more cautiously across No Man's Land. He picks his way between shell craters. Eventually he reaches a German machine-gun emplacement, with the aim of destroying it. His plan fails.

9. Ruairidh adopts the same approach as Eachann. He carefully threads his way between craters in the treacherous mud of No Man's Land. He too finds himself in a position to attack a machine-gun battery. He is a more skilled marksman than Eachann, and he has the element of surprise and a solid place in which to shelter.

10. Ruairidh takes control of the German machine-gun with the aim of turning it on the enemy. That plan does not work out, though, and he is soon under attack again. He decides the best thing to do is to destroy the gun emplacement. For the first time in his life, though, he has knowingly killed a human being.

11. Ruairidh formulates a plan to attack as many German machine-gun emplacements as he can. He hopes to do this stealthily and evade capture until nightfall, when he can sneak back across No Man's Land and return to the British trenches.

12. Now in the heart of the German defences, Ruairidh sets about putting his plan into action and destroying as many German positions as he can. But word has spread that a saboteur has breached their lines, and the enemy soldiers are on the lookout for the spy.

13. Ruairidh takes another machine-gun out of the war, and, in spite of his position, gets some respite for the first time. But he decides not to wait for nightfall. He has succeeded in creating a sizeable hole in the German defences and so concludes that it's time to risk the journey back through the ooze.

14. It is a difficult journey back. Though it is only a relatively short distance across No Man's Land, it is fraught with danger. Ruairidh discovers this, and realises that the chances of getting across once, causing such damage as he did, and returning safely, are very slim indeed.

15. Injured and alone, Ruairidh flings himself across the parapet and back into the British trench. He is met by a medical team, who treat his wounded arm in the most basic way before sending him back from the front line to a hospital unit some miles away.

16. Ruairidh watches as soldier upon soldier is brought into the hospital – some more severely wounded than others. He searches in vain for his missing friends, as he has had no word of them at all. But he longs for his freedom and particularly wishes to return home, as he feels his injury

precludes him from taking too much more of a part in the war effort.

17. His war days are coming to an end now and Ruairidh finds himself on a train from Amiens to Etaples – the main British base in France, and site of the largest field hospital in the British Army. Here his wound is examined, and it is decided to send him home for three months' convalescence.

18. A boat trip across the English Channel and a train to London are Ruairidh's final interaction with the military. He spends the evening in the company of other soldiers and in the morning boards a train for the Highlands.

Caibideil 1

Geàrr-chunntas

Ruairidh wakes alone in a darkened room in a darkened house troubled by disturbing visions of the war from which he has recently returned. The house is rat-infested and dank and he drinks in order to forget the horrors he has seen and heard. In a stupor, he trips and falls. He never wakes again.

Dorchadas

Bha Ruairidh na laighe air a dhruim-dìreach. Os a chionn bha solas an fheasgair shamhraidh a' drùdhadh a-steach dhan t-seòmar eadar na cùrtairean. Dhùin e a shùilean 's leig e le a mhac-meanmna falbh leis, a-mach às an t-seòmar, a-mach às an taigh; air adhart gu bonn na sràide; a' dìreadh dha na speuran 's a-mach eadar na neòil.

Nuair a thàinig e thuige fhèin a-rithist cha robh a' tighinn a-steach dhan t-seòmar ach dorchadas. Dorchadas agus solas na gealaich: fann, liath-gheal. Thionndaidh e, 's thilg e smugaid dhan tuba a bha ri taobh na leapa. Shuath e a bhilean le cùl a làimhe agus sheas e, a chasan cugallach air bùird an làir. Ghabh e dà cheum 's bha e aig ceann na leapa. Dà cheum eile 's bha e aig bàrr na staidhre. Stad e an sin, a' coimhead sìos. Bha an dorchadas nas fhollaisiche buileach a-muigh an seo. Cha robh uinneagan sam bith anns a' bhalla, fiù 's air an doras aig bonn na staidhre. Bha e cho dorcha shìos an sin ri clais uaigneach. Chlisg e. Leis a' chlisgeadh, ghluais a chas gun iarraidh agus thòisich e a' cromadh, beag air bheag, gu na seòmraichean shìos. Chun an dorchadais shìos.

Cha robh càil a' gluasad. Dh'fhairich e air cùl inntinn am badeigin radain a' sgròbadh fon làr neo am broinn nam ballachan. Ach cha robh càil a' gluasad; cha robh fuaim ann 's cha robh gaoth. Cha robh dathan ann 's cha robh ceòl. Cha robh guthan ann 's cha robh gàire. Cha robh daoine ann. Cha robh ann ach aon duine. Duine uaigneach ann an dorchadas.

Ann an ceumannan beaga bìodach, faiceallach, is gun e cha mhòr a' tarraing anail, ràinig e am preasa. Ged a bha an doras gu math aosta, bha an dust air a thachdadh 's chaidh am fuaim a mhùchadh; cha do rinn a' mheirg strì sam bith an aghaidh an fhosglaidh. Thog e a-mach an lampa. Chladhaich e na phòcaid, fhuair e maidse 's las e teine. Sgaoil an solas beagan shlatan timcheall air, ach bha sin fhèin air a mhùchadh anns an dorchadas. Chitheadh e, mu dheireadh thall, ge-tà, càite an robh a chasan a' dol. Lean e iad dhan t-seòmar-suidhe. Chunnaic e, ann an solas buidhe na lampa, an t-uisge-beatha a dh'fhàg e an sin sa mhadainn. Am botal a' coimhead cha mhòr gorm a-nis, gun ach drudhag bheag air fhàgail air a bhonn. Thog e e, chuir e crìoch air, 's thilg e smugaid.

Shuidh e air a' chathair a bha ris a' bhalla ri taobh na h-aon uinneig eile a bha san taigh. 'S e sèithear leathair a bh' air a bhith ann uaireigin nuair a chleachd a sheanair a bhith suidhe ann, a' smocadh pìob. 'S fhada bho bha an leathar air grodadh, ge-tà. Bha e ri fhaicinn a-nis dìreach mar shalchar dorcha. Dorchadas a bha dìreach rud beag nas soilleire na dorchadas a shaoghail-san.

Oir bha a shaoghal air crìonadh gu mòr bho chionn ghoirid, às dèidh dha tilleadh. Dh'fhairich e mùchadh na sgamhan agus bha na solais a' lasadh fhathast air cùlaibh a shùilean. Cha mhaireadh iad ach earrainn de dh'earrainn de dhiog, ge-tà, mus deigheadh iad fhèin a mhùchadh, mus deigheadh an dubhadh às, mus deigheadh an dubhadh às gu bàs.

Dh'fhosgail e a shùilean a-nis 's choimhead e timcheall an

t-seòmair. Bha am peant liath, salach a' crochadh far nam
ballachan. Bha bùird an làir a' grodadh fo chasan 's bha am
beagan solais anns an robh e a' faicinn nan rudan seo a'
drùdhadh a-steach dhan an rùm tro thuill anns na cùrtair-
ean. Shaoil e gur e leòmainn a bh' air ithe tromhpa. Neo na
radain. Bha e gan cluinntinn fhathast a' sgròbadh air
chùlaibh nam ballachan.

Leig e osna 's dh'èirich e gu casan a bha cuagach
fhathast. Sheas e mionaid. Dhrùidh an dorchadas thairis
air mar uisge ana-dhiadhaidh. Dhùin e a shùilean agus las
na solais a-rithist. Bha e cleachdte riutha a-nis. Bha iad air
a bhith còmhla ris airson bliadhna. Cha robh iad cho dona
às aonais an fhuaim, 's cha robh am fuaim ann ach na
bhruadaran a-nise. Ach 's ann le bruadar a thòisich na
solais cuideachd.

B' ann le sin air cùl inntinn a thòisich e a' coiseachd, air a
shocair, chun a' chidsin. Bha mac-na-braiche air teiriginn,
ach bha botal ruma Demerara anns a' phreasa fhathast agus
am badeigin bha leann ann an crogan a bha cuideigin air a
thoirt dha air a' bhàta dhachaigh. Dhèanadh sin a' chùis
dha. Dhèanadh sin a' chùis gu solas na maidne nuair a
gheibheadh e cothrom tuilleadh fhaighinn. Co-dhiù, bhiodh
pailteas aige airson cadal a thoirt air. B' e an stuth cruaidh
an aon rud a leigeadh leis cadal gun bhruadar na làithean sa.

Dh'òl e dàrna leth an Demerara na sheasamh sa chidsin.
Dh'fhalbh e leis a' chòrr air ais chun na cathrach. Cha do
smaoinich e, ge-tà, air an dorchadas. Agus 's e an dorch-
adas, mu dheireadh, a chuir às dha.

Chaidh a chas gu h-obann eadar bùird an làir.

Thuit e.

Bha e ga dhubh-dhalladh a-nis 's cha do dh'fhidir e air
feuchainn ri a làmhan a chur a-mach. Bhuail a cheann ann
an còrnair a' bhùird. Las solais air beulaibh a shùilean
fosgailte. Chaidh a shlugadh leis an dorchadas.

Chan fhaca, 's cha do dh'fhairich, e an còrr.

Beag-fhaclair – Caibideil 1 – Dorchadas

air a dhruim-dìreach   *flat on his back*
a' drùdhadh a-steach   *seeping in*
thàinig e thuige fhèin   *he came to his senses*
smugaid   *spit*
cugallach   *shaky*
nas fhollaisiche buileach   *more evident still*
clais uaigneach   *a lonely trench*
chlisg e   *he started/jumped*
a' cromadh   *descending*
duine uaigneach   *a lonely man*
gun e cha mhòr a' tarraing anail   *scarcely breathing*
bha an dust air a thachdadh   *the dust had choked it*
cha do rinn a' mheirg strì sam bith an aghaidh an fhosglaidh   *the rust didn't resist the door opening*
chaidh am fuaim a mhùchadh   *the sound was muffled*
chladhaich e   *he dug/searched*
air a mhùchadh anns an dorchadas   *swallowed up in the dark*
sèithear leathair   *a leather chair*
's fhada bho bha an leathar air grodadh   *the leather had rotted away long ago*
mar shalchar dorcha   *as a dark smudge*
bha a shaoghal air crìonadh gu mòr   *his world had greatly wasted away*
dh'fhairich e mùchadh domhainn na sgamhan   *he felt a deep smothering in his lungs*
earrainn de dh'earrainn de dhiog   *a fraction of a second*
mus deigheadh iad fhèin a mhùchadh   *before they themselves were extinguished*
mus deigheadh an dubhadh às   *before they were blotted out*
leòmainn   *moths*
cuagach   *limping, lame*
dhrùidh an dorchadas thairis air mar uisge ana-dhiadhaidh   *the darkness closed round him like unholy water*

mac-na-braiche   *whisky (slang)*
air teiriginn   *finished*
dhèanadh sin a' chùis   *that would do*
an stuth cruaidh   *strong drink, 'the hard stuff'*
dàrna leth   *half*
a chuir às dha   *that destroyed/killed him*
bha e ga dhubh-dhalladh   *he was blind drunk*
cha do dh'fhidir e air   *he didn't think to*
chaidh a shlugadh leis an dorchadas   *he was swallowed up/engulfed by the dark*

Caibideil 2

Geàrr-chunntas

Ruairidh, Eachann and Tormod are three friends billeted together in
the trenches on the front line in the Great War. It's the 31st of June
1916, the eve of the Battle of the Somme. The men attend to their
everyday tasks in this harsh environment, and receive a precious
gift from a loved one at home.

Boillsgeadh

*31 June 1916. Madainn bhlàth samhraidh. Tha a' ghrian air a
thighinn a-mach. Tha cruaidh fheum oirre. Thuirt cuid dhe na
gillean a-raoir gun deigheadh ar bàthadh anns a' pholl. 'S e am
poll an rud as miosa. Chan fhaigh thu cuidhteas e. Thig
peilearan an-dràsta 's a-rithist, an srann 's am fead nad
chluasan, ach falbhaidh iad cho luath 's a thig iad. Bidh na
bomaichean mar an ceudna a' tighinn 's a' falbh. Thàinig fear
an-diugh. Chuala sinn e tràth sa mhadainn. Chan eil fhios a'm
an robh iad ag amas air càil sònraichte leis, ach cha do bhuail e
càil. Co-dhiù tha toll eile a-nis anns an eabar ud thall. Thuirt
Tormod gu feumaidh gu bheil iad dall. Nach eil iad a' faicinn
ceart neo nach biodh duine againn beò a-nis. 'S dòcha gu bheil
e ceart. Bha an ceathrar againn trang an-diugh. Dh'iarr an
caiptean oirnn dà chlais ùr a chladhach an cùl na trainnse,
airson cuid dhen pholl a thoirt air falbh bho na balaich. Tha mo
dhruim goirt agus mo dhùirn air at bho obair na spaid, ach
shoirbhich leinn, tha mi smaoineachadh. Cha robh Iagan cho
lucky, ge-tà. Chur e a' phiocaid tro chas agus tha e air ais air
cùlaibh na loidhne anns an ospadal. Thuirt Tormod gun do rinn*

*e dh'aona ghnothaich e, nach eil ann ach balgair agus gealtaire
gun fheum. Bha e direach farmadach, tha mi smaoineachadh.
'S fheàrr dhomh seo fhàgail greis. Tha an Còirnealair a'
tighinn an-diugh. Inspection. 'Illean, stand at ease, canaidh e.
Math gu leòr dhàsan a bhith ag ràdh 'Stand at ease'.*

Chuir e a cheann a-mach air toll an dorais. Bha na bùird
bog fliuch, oir a dh'aindeoin teas na grèine, 's a dh'aindeoin
gu robh meadhan an t-samhraidh ann, bha am poll domh-
ainn, tiugh, steigeach fhathast. Cha mhòr gu robh duine a'
mothachadh dha a-nis, ge-tà. Bha e na chleachdadh aca a
bhith a' dol troimhe, air ais 's air adhart air an obair seo neo
air an obair ud eile . . . a' ruith le teachdaireachdan neo a'
cladhach tuilleadh tholl airson drèanaichean a dhèanamh.

Choisich e gu far an robh Tormod na sheasamh, a
ghualainn ri balla-cùil na trainnse, toit na bheul 's e a'
bocadaich bho aon chas chun na cois eile. B' e fear àrd,
dorcha, calma a bh' ann an Tormod. Fear de cheathrar a
chaidh còmhla ris a chur an ainmean sìos airson a dhol a
shabaid a' Bhosche. Chuireadh còmhla iad dhan aon bha-
tàilian. Ruairidh, Tormod, Iagan agus Eachann.

" 'Eil obair agad ri dhèanamh idir, a leisgeadair tha thu
ann . . .?"

"Tha. Tha agam ri seasamh an seo 's toit eile a lasadh. 'G
iarraidh tè . . .?"

"Och, aye."

Las Ruairidh an toit, 's tharraing e anail dhomhainn.
Chaidh sìth agus fois an tombaca tro a chuislean mar
ghathan gràis. Rinn e osna. Rinn e casad 's thilg e smugaid.

"An Diabhal ormsa, Thormoid, cà fo Dhia an d' fhuair
thu na rudan sa . . .?"

"Chuir am Frangach ud thugam iad. An Caiptean Ber-
trand, cuimhn' agad . . . am fear maol a bha sin a chunnaic
sinn san taigh-sheinnse ann an Amiens . . .? Tha sinn a'
sgrìobhadh an-dràsta 's a-rithist 's bidh e cur rudan thugam.
Tha iad math, eh . . .?"

"A Thighearna, theab iad mo thachdadh."

"Bheil a h-uile càil agad an òrdugh ron Chòirnealair . . .?"

"Tha. Gonadh ormsa, ge-tà, tha na brògan-mòra agam cho salach 's nach gabh iad an glanadh. Trobhad seo, bheil càil agad a bheir a' mheirg far na beugaileid . . .? Chan eil sgeul air a' bhogsa glanaidh agam."

"Och, tuigidh iad mu na brògan – cha bhi an cuid fhèin cho glan sin mun àm a ruigeas iad sinne. Bheil thusa a' faighinn fàileadh neònach an seo bho chionn latha neo dhà . . .?"

"A bharrachd air a' chac agus ceò nam bomaichean . . .?"

"Chan e sin an seòrsa fàileidh a tha mi ciallachadh . . . 's e faireachdainn a th' ann . . ."

"Tha cus tìde agad airson a bhith seasamh air aon chas a' smocadh, a Thormoid. Chan eil aon dòlas rud ag atharrachadh an seo bho aon latha gu latha eile."

"Pfff, tha sin cho fìor 's a tha thu ga ràdh. 'S fheàrr dhomh falbh. Bha Eachann ag iarraidh orm toit neo dha a thoirt sìos thuige . . . tha am balgair ud ag obair ro chruaidh, tha coltas an leisgeadair ormsa an taca ris."

Chùm Ruairidh a shùil air druim a charaid 's e a' coiseachd air falbh gu ceann eile na trainnse. Chrath e a cheann, 's thionndaidh e air ais gu obair fhèin. Nuair a ràinig e a chùil fhèin, bha parsail a' feitheamh air.

Cha robh e buileach a' tuigsinn. Cò a bhiodh a' cur thuige parsail . . .? Bha a h-uile caraid a bh' aige san t-saoghal còmhla ris anns an ifrinn seo. Bha iad ceangailte ri sàil an t-Sàtain a cheart cho teann 's a bha e fhèin.

Chur e a làmhan timcheall a' bhogsa bhig agus chrath e e. Bha e follaiseach gu robh botal na bhroinn. Gheàrr e an t-sreang gheal a bha a' cumail a' phàipeir dhonn timcheall a' bhogsa 's reub e am pàipear dheth. 'S e bogsa fiodh a bh' ann, làn sràbh. Air muin an t-sràbh, ge-tà, bha uisge-beatha. Deagh bhotal de mhac-na-braiche. Thog e a-mach e cho faiceallach 's a ghabhadh. Cha b' urrainn na b' fheàrr.

Sgrìobhte air cairt bheag bhuidhe am broinn mullach a' bhogsa bha na faclan "A Ruairidh, le gaol, Mairead."

Mairead! Ciamar a bha e fhèin air Mairead a
dhìochuimhneachadh . . .? B' e a nàbaidh a bh' innte 's
bha i riamh air a bhith coibhneil ris. Bha i air a bhith gu
math an-fhoiseil nuair a chuala i gu robh e fhein 's Eachann
's Tormod a' dol air adhart airson a' bhlàir.

Dha aindeoin fhèin thòisich e a' gàireachdaich. Shuidh e,
's bha aige ri a cheann a chur eadar a ghlùinean airson stad
a chur air fhèin. Bha na deòir a' ruith bho shùilean le
toileachas agus taingealachd nuair a thàinig an dithis eile
a-steach.

Thòisich iadsan cuideachd a' gàireachdaich nuair a
chunnaic iad am botal. Boillsgeadh, shaoil iad, dhen a
h-uile seòrsa, an teis-meadhan na h-aimhreit bhrùideil.

Beag-fhaclair – Caibideil 2 – Boillsgeadh

Tha cruaidh fheum oirre   *it's badly needed*
gun deigheadh ar bàthadh anns a' pholl   *that we would drown in the mud*
chan fhaigh thu cuidhteas e   *you can't get rid of it*
peilearan   *bullets*
an srann 's am fead   *their drone and whistle*
gu feumaidh gu bheil iad dall   *that they must be blind*
dà chlais ùr a chladhach   *to dig two new trenches*
feuch   *in order to*
mo dhùirn air at   *my fists had swollen*
shoirbhich leinn   *we managed/succeeded*
a' phiocaid   *the pick(axe)*
a dh'aona ghnothaich   *deliberately*
nach eil ann ach balgair agus gealtaire gun fheum   *that he is only a rogue and a useless coward*
bog fliuch   *soaking wet*
domhainn, tiugh, steigeach   *deep, thick, sticky*
teachdaireachdan   *messages*
drèanaichean   *drains*
toit   *cigarette*
a' bocadaich   *hopping*
calma   *strong*
mar ghathan gràis   *like rays of joy (grace)*
An Diabhal ormsa   *Devil take me*
maol   *bald*
san taigh-sheinnse   *in the hotel*
theab iad mo thachdadh   *they almost choked me*
Gonadh ormsa   *Dash!*
cho salach 's nach gabh iad an glanadh   *so dirty they can't be cleaned*
a'mheirg   *the rust*
a bharrachd air a' chac agus ceò nam bomaichean . . .?   *apart from the shit and the smoke from the bombs*

aon dòlas rud   *a single blasted thing*
an taca ris   *compared to*
anns an ifrinn seo   *in this hell*
bha iad ceangailte ri sàil an t-Sàtain   *tied to the Devil's heel*
follaiseach   *apparent*
na bhroinn   *inside it*
cho faiceallach 's a ghabhadh   *as carefully as possible*
an-fhoiseil   *uneasy*
dha aindeoin fhèin   *despite himself*
le toileachas agus taingealachd   *with joy and thankfulness*
an teis-meadhan   *in the midst of*
boillsgeadh   *a ray of light*
aimhreit bhrùideil   *brutal disorder*

Caibideil 3

Geàrr-chunntas

There is to be an inspection of the troops by the Colonel. Ruairidh begins to think about the reasons behind the war in which they fight after being told by the Colonel of how proud he is of the ordinary Tommies and their outstanding courage. Ruairidh finds that he has learned to continue with the most mundane of tasks in the face of heavy shelling.

Sgrùdadh

Uair a thìde às dèidh sin, bha iad air smachd fhaighinn orra fhèin a-rithist. Chan e sin a-mhàin, ach bha am botal fosgailte 's bha iad uile air drama a ghabhail. Bha iad air a bhith a' suidhe còmhla, a' còmhradh 's a' bleaidrageadh ri chèile mum beatha ron a' chogadh. Mu dheireadh sheas Ruairidh, rinn e osna, 's thuirt e gum b' fheàrr dhaibh na beugaileidean a chur air ghleus, agus gleans a thoirt às na brògan-mòra, mus tigeadh an Còirnealair.

"Caith thugam am poilis, a Thormoid, chan eil fhios a'm cà 'n do chuir mi am fear agam fhèin."

"Seo." Thilg Tormod thuige am polais 's thòisich Ruairidh a' suathadh a bhrògan gu mionaideach. An-dràsta 's a-rithist thilg e smugaid – uaireannan air a bhrògan agus uaireannan air làr na trainnse.

A h-uile ceann greise, chluinneadh an triùir aca srann agus fead pheilearan a' bualadh an cliathaich na trainnse, anns an eabar agus sa uèar a bha a' cuartachadh mullach an àite. Bha iad cho cleachdte ris a seo a-nis 's gur gann a

bhodraigeadh iad coimhead an-àird nuair a thachradh a
leithid.

'S e rud eile a bh' anns na bomaichean, ge-tà. Thuiteadh
iadsan le srann a bha goiriseach, 's dh'èireadh an talamh
mar thuinn na mara. Uaireannan bhiodh na ficheadan
dhiubh ann, a' bualadh ann an No Man's Land, 's a'
spreadhadh bleideagan meatailt agus eabair agus poll is
salchar air feadh an àite. Uaireannan, ge-tà, landadh iad tòrr
na b' fhaisge agus dheigheadh cuid dhe na balaich a
mharbhadh. Bha làn-fhios aig na Tommies gu robh teansa
ann gun deigheadh am marbhadh mar seo, 's bhiodh e cus
do chuid. Chailleadh iad an ciall, 's dhiùltadh iad sabaid neo
càil eile a dhèanamh leis an eagal. Chaidh cuid dhiubh a
chur gu bàs airson a bhith nan gealtairean. Cha robh
Ruairidh mar sin, ge-tà. Bha e na chomas fuaim nan
gunnaichean mòra a dhubhadh a-mach às eanchainn.
Cha chluinneadh e brag a' bhàis le mar a bha aire air na
rudan beaga mionaideach a bh' aca ri dhèanamh.

'S ann air sgàth sin a chaidh aige air cumail air a' glanadh
a bhrògan 's a' cur a lann air ghleus fhad 's a bha na
bomaichean a' tuiteam a-muigh ann an No Man's Land.

An ceann uair a thìde bha Ruairidh agus càch nan
seasamh a-muigh anns an trainnse, le làn-èideadh orra,
na lainn 's na gunnaichean aca a' deàrrsadh anns a' ghrèin,
agus na h-urracha-mòra spaideil a' dèanamh an slighe gu
socair, slaodach dhan ionnsaigh.

Bha an Còirnealair mòr. Àrd, agus leathann cuideachd –
ach gun a bhith reamhar. Còmhla ris bha triùir eile. An
caiptean aca fhèin, Eideard, gille tapaidh a bha coibhneil
ris na saighdearan, agus dithis nach robh Ruairidh, Tormod
no Eachann ag aithneachadh idir. Chrath iad làmhan,
rinn iad gàire mòr an-dràsta 's a-rithist, 's e follaiseach
gu robh iad a' dèanamh oidhirp mhòr a bhith càirdeil ris na
balaich.

Eyes Front. Chin Up. Ten Hut. Bhuail a shàilean le brag
's phut e an gunna a-mach cho fada 's a dheigheadh e, a

bhonn air na bùird aig a chasan. Bha gob a chlogaid a' cur sgàil air a shùilean. Sheas an Còirnealair air a bheulaibh, 's fhuair Ruairidh fàileadh grod an fhallais. Às bith dè cho uasal 's a bha am fear sa, cha robh a chuid aodaich cho glan 's a dh'fhaodadh.

"Your name, soldier . . .?"

"Roddy, sir. Roddy Morrison."

"Far from home, Roddy . . .?"

"Yes, sir. Not used to this heat, sir. Seen plenty of wet, though."

"Aha, quite right, soldier. And are you ready for the Bosche . . .? Ready to push ahead for the King . . .?"

"Sir."

"That's my lad. You'll do us all proud. At ease, lad, at ease."

"Thank you, sir."

Ghluais Ruairidh a chasan bho chèile, 's leig e le smeigeid a thighinn a-nuas beagan. Bha an Còirnealair air a bheul-aibh is thug e sùil air ged a bha e a-nis a' bruidhinn ri Tormod. Mhothaich Ruairidh gur e duine òg a bh' ann. Gann gu robh e cus nas sine na bha Ruairidh fhèin. Cha robh fhios aige carson, ach chuir sin ioghnadh air. Tha fhios gu feumadh Còirnealairean a bhith ann, agus le cho marbh-tach 's a bha an dòlas cogaidh seo air a bhith, cha robh rian ach gun deigheadh àrdachadh a thoirt do dhaoine a dh'ain-deoin an aois. Fhathast, ge-tà, a bhith smaoineachadh air fear òg ag iarraidh air balaich nas sine na e fhèin a bhith a' dol a-mach a bhàsachadh, bha e a' cur car na bheachd mu shuidheachadh an t-saoghail.

Bha an duine air innse do Thormod gu robh e moiteil às cho grinn, glan 's a bha na saighdearan gu lèir agus cho pròiseil 's a bha e às a h-uile duine aca. Air a shlighe air ais, sheas an Còirnealair air beulaibh nam balach, 's bhruidhinn e air na cuspairean sin aig àird a chlaiginn. Chaidh fhaclan tro chluasan Ruairidh, ach cha do ghreimich inntinn air gin dhiubh. Chuala e na h-aon fhaclan – pròis, moit, gaisgeachd, rìgh, dùthaich, olc agus math, brùidealachd agus glòir. Cha robh seo a' ciallachadh cus dha. Thuigeadh e rudan practaigeach – glanadh 's a' nighe, cladhach thrainnsichean agus ag ullachadh armachd. Bha beachdan mòra, air rudan troma mar siud, cus dha, ge-tà.

B' e a-màireach a' chiad latha dhen Iuchar. Bhiodh an iomairt mhòr a' tòiseachadh nuair a dh'fheuchadh iad mu dheireadh thall air na Gearmailtich. Bha iad air a bhith glacte ann an eabar agus brùidealachd na Somme fad mhìosan mòra, 's cha robh cus a choltas ann gun gluaiseadh iad a-chaoidh tuilleadh. Ach bha sgrùdadh a' Chòirnealair seachad. Bha e air a mheas gu robh iad deiseil. Bha na lainn agus na gunnaichean air ghleus, agus bha gunnaichean mòra na h-Ìompaireachd a' sìor losgadh – ag ullachadh loidhnichean na Gearmailt airson Tommy 's a leithid.

Tha sinn nar n-uair, shaoil Ruairidh ris fhein, 's e a' seasamh còmhla ri Tormod às dèidh dhan Chòirnealair falbh. Tha sinn air a bhith a' feitheamh fada gu leòr.

"Bha siud all right, eh . . .?" dh'fhaighnich Tormod.

"Aye, bha e all right. Caith thugam light . . ."

"Seo."

Ghabh iad an toit ann an sàmhchair, mus do thionndaidh iad air ais a-steach dhan chlais aca. Bha tòrr aca ri dhèanamh ro mhadainn.

Beag-fhaclair – Caibideil 3 – Sgrùdadh

bha iad air smachd fhaighinn orra fhèin   *they had got a grip of themselves*

a chur air ghleus   *to prepare*

gu mionaideach   *carefully*

anns an eabar agus sa uèar   *in the mud and the (barbed) wire*

goiriseach   *frightening*

bleideagan meatailt   *shrapnel*

gealtairean   *cowards*

a dhubhadh às eanchainn   *blank it out of his brain*

le làn-èideadh orra   *in full uniform*

na h-urracha-mòra   *the top brass*

cho fada 's a dheigheadh e   *as far as it would go*

gob a chlogaid   *the rim of his helmet*

a' cur sgàil air a shùilean   *shading his eyes*

fàileadh grod an fhallais   *the rank smell of sweat*

gann gu robh e cus nas sine   *he was scarcely older*

marbhtach   *deadly*

an dòlas cogaidh seo   *this awful war*

cha robh rian ach gun deigheadh àrdachadh a thoirt do dhaoine a dh'aindeoin an aois   *it would be unavoidable for someone to be promoted despite his age*

moiteil   *proud*

aig àird a chlaiginn   *at the pitch of his voice*

cha do ghreimich inntinn air gin dhiubh   *his mind didn't latch on to any of them*

an iomairt mhòr   *the big push/campaign*

dh'fheuchadh iad air na Gearmailtich   *they would have a go at the Germans*

glacte ann an eabar agus brùidealachd na Somme   *trapped in the mud and brutality of the Somme*

cha robh cus a choltas ann   *there wasn't much likelihood*

sgrùdadh a' Chòirnealair   *the Colonel's inspection*

air ghleus   *ready*
Ìompaireachd   *Empire*
tha sinn nar n-uair   *it's time for us*

Caibideil 4

Geàrr-chunntas

On the afternoon of the 31st of June 1916, Ruairidh begins his minute preparations for the battle the next day. The soldiers, mostly from the British Expeditionary Force, are to go 'Over the Top' across No Man's Land to attack the German position. Ruairidh and Eachann talk of their fears on the eve of battle, and of their trust in their superiors.

Ullachadh

31 June 1916. Tha am feasgar ann a-nis. Tha i a' ciaradh, 's na cuileagan brùideil. Gonadh air an teas agus a' pholl. Sin ar beatha an seo. Biastagan a' gànrachadh a h-uile bloigh aodaich a th' againn, 's ar stocainnean cho fliuch 's gu bheil ar n-òrdagan a' grodadh nar brògan. Tha na trainnsichean uabhasach. Tha iad borb, mì-chomhartail. Tha gu leòr a' call an ciall an seo, 's gu leòr eile a tha fada ro bhochd airson fuireach, ach chan eil a h-uile duine a' faighinn cothrom falbh. Bha Iagan fortanach dha-rìribh mar sin. Aon rud mu bhith a' cur piocaid tro do chas, tha e deamhnaidh follaiseach gu bheil thu air do leòn. Ma tha thu a' call do chiall, ge-tà . . . uill, ciamar a thèid agad air sin a dhearbhadh . . .? Bha an Còirnealair an seo an-diugh. A' sgrùdadh. Thuirt e rinn gu robh e garbh pròiseil mu cho math 's a bha sinn air ar sgeadachadh, mu cho grìnn 's a bha sinn a' coimhead agus mu cho math 's a bha na gunnaichean againn. Dh'fhaigh-neachd e dhomh an robh mi deiseil a dhol a shabaid an aghaidh nan Gearmailteach. Thuirt mi ris gu robh, agus tha. Uill, tha mi smaoineachadh gu bheil. Tha sinn a' falbh a-màireach, tràth. Tha na gunnaichean mòra air a bhith a' dol gun abhsadh fad seachdain a-nis, 's iad a' feuchainn ri cur às dhaibh mus fheuch sinn tarsainn No Man's Land. Le na mìltean dhinn air feadh na Somme, chan urrainn ach gun tèid an latha leinn. 'S fheàrr dhomh falbh 's crìoch a chur air an ullachadh.

Bha e na ònrachd a-nis. Dh'fhalbh Tormod gu sentry agus bha Eachann a' gabhail smoc còmhla ri balaich eile. Chaidh inntinn leis air ais gu far an robh e an-uiridh. Bliadhna bhuaithe, bha e air a bhith na chìobaire gun chus air aire ach na caoraich a bha fo chùram agus na glinn a bha fo chasan. Cha robh fo chasan a-nis ach duckboards, poll agus salchar. Chaidh e air ais chun na h-oidhche sin, tràth ann an 1915, nuair a fhuair e an cothrom mu dheireadh thall ainm a chur air adhart airson arm ùr Kitchener. E fhèin agus Tormod, Eachann agus Iagan. Bha iad air a dhol còmhla dhan oifis ann an Inbhir Nis, agus sheas iad, còmhla ri na mìltean mòra eile de bhalaich na Gàidhealtachd, a shealltainn gu robh iadsan deònach a dhol an seirbheis na Rìoghachd, a chur smachd air a' Ghearmailt agus buille a thoirt dhan Khaiser mun t-sròin.

'S e fadachd as motha a bh' orra an uair sin. Cha robh Arm Bhreatainn ach air a bhith glè bheag ro pheilear Princip, agus cha robh gu leòr de ghunnaichean neo khaki aca airson a' bhlàir. Dh'fhàg sin gu robh Ruairidh, agus gach Ruairidh eile, a' caismeachd nan aodach clò, a' togail bruis neo spaid neo ràcan mar armachd, 's iad a' cadal ann am billet a bha uair na thalla coimhearsnachd. Nuair a thàinig fios gum biodh iad mu dheireadh thall a' dol a shabaid, bha na gillean uile sunndach, toilichte. Chan fhada a bheireadh iad a' dèanamh a' chùis air ar-a-mach na Gearmailt, 's thilleadh iad mar ghaisgich gu càirdean 's luchd-gràidh.

Thàinig snuadh-ghàire air aodann 's e a' cuimhneachadh a-nis air cho òg 's cho neoichiontach 's a bha iad an uair sin. An uair sin cha robh duine air cluinntinn mu Verdun. Cha robh balach à gleanntan na Gàidhealtachd eòlach idir air facail mar Amiens, gun luaidh air gunnaichean-froise agus plèanaichean. Chaidh tè dhiubh sin seachad air an trainnse, 's tharraing i Ruairidh a-mach à bruadar na h-eachdraidh. Bhiodh balaich an Air Corps a' siubhal gun fhois, a' cruinneachadh na b' urrainn dhaibh de dh'fhiosrachadh ron a' 'phush' a-màireach.

Thug e sùil timcheall na claise. Bha a h-uile càil na àite. Bha a mhàileid deiseil, gach nì a bha a dhìth taisgte na broinn, neo air a cheangal rithe. Ri thaobh, a' bhiodag a' stobadh a-mach bhon a' bharaill, bha an gunna. B' e sin an rud as cudromaiche, 's bha e air a bhith uairean a thìde ga sgioblachadh 's ga ghlanadh mus tàinig an Còirnealair an-diugh.

Beag-fhaclair – Caibideil 4 – Ullachadh

a' ciaradh   *getting dark*

gonadh air an teas agus a' pholl   *damn the heat and the mud*

biastagan a' gànrachadh a h-uile bloigh aodaich a th'againn   *insects infesting every single bit of clothing we have*

borb, mì-chomhartail   *rough and uncomfortable*

deamhnaidh follaiseach gu bheil thu air do leòn   *damned clear that you are injured*

garbh pròiseil   *very proud*

air ar sgeadachadh   *well turned out*

gun abhsadh   *without let-up*

chan urrainn ach gun tèid an latha leinn   *it's impossible for us not to win the battle*

na ònrachd   *alone*

cìobaire   *shepherd*

mu dheireadh thall   *at long last*

a chur smachd air a' Ghearmailt   *to subdue the Germans*

fadachd   *impatience, longing*

caismeachd   *marching*

aodach clò   *tweed clothes*

ràcan   *(garden) rake*

ar-a-mach na Gearmailt   *the German aggression*

snuadh-ghàire   *smile*

gun luaidh   *not to mention*

gunnaichean-froise   *machine-guns*

taisgte na broinn   *packed inside it*

a' bhiodag a' stobadh a-mach bhon a' bharaill   *the bayonet sticking out from the barrel*

Caibideil 5

Geàrr-chunntas

The morning of the battle. Ruairidh has spent an uncomfortable night and now finds himself gazing at the faces of people he knows well, accepting that some will not survive. He questions their thoughts and motives, and in doing so, questions his own will to fight. He is hopeful, still, of an easy victory.

Madainn

01 July 1916. Tha e tràth sa mhadainn. Tha an-diugh eadar-dhealaichte, ge-tà. Cha robh gairm dùsgaidh ann. Sheas sinn ann an cnap fad na h-oidhche, cruinn san trainnse a' feitheamh camhanaich agus briseadh latha. Tha mi a' sgrìobhadh seo a-nis 's an leabhar a' laighe air mo ghlùin. Tha sàmhchair ann an-dràsta airson a' chiad uair ann an seachdain. Tha sin a' dearbhadh dhuinn uile an rud a tha a' tighinn. Aig leth-uair an dèidh a seachd, tha iad ag ràdh, dìridh sinn seachad air a' pharapet. Bidh sinn a-muigh ann an No Man's Land. Bidh na gunnaichean air cur às do dhìon nan Gearmailteach, 's thathas airson 's gun gabh sinn an loidhne, trainnse mu seach, gus am bi iad gu lèir fo ar smachd. Ma tha na sligean air an obair uabhasach a dhèanamh, cha bhi sin doirbh. Tha na balaich dòchasach. Tha feagal ann gun teagamh, 's air gach sùil tha measgachadh – dòchas agus dòrainn. Dhomh fhèin dheth, tha mi cinnteach gu bheil sinn uile gaisgeil agus treun gu leòr gus ar ceann-uidhe a ruighinn agus Fritz a ruagadh a-mach às na tuill aige. Fàgaidh mi a' chòrr gu nochd.

Bha na speuran liath. Bha an oidhche air a bhith ciùin – a thaobh na h-aimsir co-dhiù, oir bha na bomaichean agus na sligean air leantainn orra le an obair bhrùideil. An-dràsta is a-rithist, bhoillsgeadh gathan geala – dearbhadh air gu robh na bomaichean a' spreadhadh ceart gu leòr.

Choimhead Ruairidh air a ghunna. Bha e air a losgadh dà thriop. Bha mìosan bhon uair sin, ge-tà. Chaidh e fhèin 's gille eile thairis air mullach na trainnse aon oidhche, a dh'fhaicinn co-dhiù bha càil ri fhaicinn air taobh nan Gearmailteach – 's gu sònraichte, an robh duine a' gluasad taobh a-muigh na trainnse aca. Bhuail peilear anns na pocannan gainmhich a bha làimh riutha 's loisg iad air ais dà thriop mus tug iad an casan leotha air ais fon a' pharapet. A thuilleadh air a sin, ge-tà, cha deach an gunna sin a chur gu feum a-riamh. Agus a' bheugaileid . . .? A bharrachd air pocannan gainmhich a bha crochte ri posta aig a' champa treànaidh mus tàinig iad dhan an Fhraing, cha robh sin air a bhith air a chleachdadh a bharrachd.

Ri thaobh, bha Tormod air chrith. Bha e air a bhith air geàrd fad na h-oidhche, a' cumail faire gun fhios nach nochdadh na Gearmailtich 's gun dùil riutha, ann an No Man's Land. A-nis, agus ceò na maidne a' tilgeil fhaileasan neònach feadh na trainnse, bha Tormod air chrith leis an fhuachd 's bha Eachann, ri thaobh-san, ag ùrnaigh gu socair fo anail.

"Haoidh, thu all right?"

"Aye, all right. Fuar . . . meadhan an t-samhraidh, shaoileadh tu gum biodh beagan blàiths innte, eh . . .?" arsa Tormod 's gàire air aodann.

"An ann ag ùrnaigh a tha Eachann ri do thaobh?" dh'fhaighneachd Ruairidh fo anail.

"Eachainn, dùisg . . .!"

"A Chruthaidheir, bheil urram sam bith agaibh . . .? Tha droch mhadainn romhainn, 'illean, agus tha mi airson a bhith deamhnaidh cinnteach gu bheil dùil rium air an taobh eile – ma tha mi gu bhith ann an ceartuair."

Chrath Ruairidh a cheann 's shioft e a' mhàileid gus an robh i na bu chomhartaile air a dhruim.

" 'S beag an diofar a nì sin – chan ann air do dhruim a bhios iad ag amas."

Ged a bha Eachann dubhach, mhothaich Ruairidh nach robh càch fo uiread a bhròn. Sheas e a-mach bho bhodhaig fhèin, cha mhòr. Bha e mar gu robh e os cionn na trainnse 's e a' faicinn a h-uile aghaidh, iad uile mu choinneamh, 's e fhèin a' coimhead air ais orra bho thaobh eile an sgàthain. 'S e dòchas bu mhotha a bha nan sùilean. Chuir sin ioghnadh air, ach aig a' cheart àm, le mar a bha a chridhe fhèin, bha e a' tuigsinn gu tur. Cha robh duine aca an seo an aghaidh an toil. Bha iad uile, air gairm an Rìgh, air a dhol a chur an ainmean air adhart gu dhol an seirbheis na dùthcha. Bha iad uile deònach sabaid. Bha ceartas agus onair air an taobh 's bha iad uile gu tur cinnteach, ann an ceann 's ann an cridhe, gu robh glòir agus buaidh a' feitheamh orra.

"Dè mu do dheidhinn fhèin, a Thormoid, dè tha thu smaoineachadh a tha romhainn . . .?"

"Leis an fhìrinn innse, chan eil ach an droch rud, a Ruairidh. Cuin a tha thu smaoineachadh a bha sgot aig na h-urracha-mòra mu na tha dol an seo . . .? Chan eil sinne ach a' feuchainn ri aire a tharraing bho Verdun co-dhiù, 's na Frangaich gam putadh air ais 's air adhart an sin. Tha ceist ormsa a bheil seo a' dol a dhèanamh diofar sam bith aig a' cheann thall. Bheil smoc agad . . .?"

"Seo. Och, chan eil fhios a'm. Tha seachdain bho thòisich na gunnaichean againn, ge-tà – cha do stad iad bhon uair sin, cha mhòr. Chan eil rian gum bi mòran dhiubh air fhàgail thall an sin a-nis. Co-dhiù, tha e math gu bheil sinn a' dèanamh rudeigin – tha mise a' dol às mo rian ann an sheo."

Bha am plana, mar a bh' air a mhìneachadh dhaibh, an ìre mhath sìmplidh. Cha bhiodh aca ach a dhol a-null gu taobh nan Gearmailteach agus smachd fhaighinn air na trainnsichean aca. Nan dèanadh iadsan sin, 's nan dèanadh an co-shaighdearan e cuideachd feadh loidhnichean na Somme, cha bhiodh ann ach latha buadhmhor dha-rìribh agus bhiodh iomairt an Entente nas fhaisge air smachd fhaighinn air ais air meadhan na h-Eòrpa. Ann an inntinn nam balach – a' mhòr-chuid aca co-dhiù – 's e sin a bhiodh ann. Chuir iad an ainmean sios le uile dhùrachd an cridhe, agus seo iad a-nis, beagan mhionaidean air falbh bhon amas a choileanadh agus slaic a thoirt dhan a' Khaiser mun a' pheirceall.

Beag–fhaclair – Caibideil 5 – Madainn

gairm dùsgaidh   *reveille*

camhanaich   *dawn*

a' dearbhadh   *confirming*

dìon   *defences*

trainnse mu seach   *trench by trench*

sligean   *shells (explosives)*

feagal   *fear*

dòchas agus dòrainn   *hope and sorrow*

gaisgeil agus treun   *heroic and brave*

ruagadh a-mach   *drive out*

dà thriop   *twice*

mus tug iad an casan leotha   *before they ran away*

a' cumail faire   *keeping watch*

fhaileasan neònach   *strange shadows*

urram   *respect*

deamhnaidh cinnteach   *damned sure*

an ceartuair   *very soon*

's beag an diofar a nì sin   *that will make little difference*

uiread a bhròn   *so much grief*

glòir agus buaidh   *glory and victory*

chan eil ach an droch rud   *only the worst*

cuin . . . a bha sgot aig na h-urracha-mòra mu na tha dol an seo   *when . . .
    did the top brass have any idea what's going on here*

aig a' cheann thall   *at the end of the day*

chan eil rian   *there surely can't be (many of them left)*

a' dol às mo rian   *going mad*

amas a choileanadh   *achieving their objective*

slaic a thoirt dhan a' Khaiser mun a' pheirceall   *to give the Kaiser a blow
    in the face*

Caibideil 6

Geàrr-chunntas

The final muster before the big push sees ladders being brought out and raised against the side of the trenches. Apprehensively, the soldiers watch as the ladders, and their full meaning, become clear in the growing light. The barrage, which has lasted eight full days, stops. Some mines are detonated and the soldiers prepare to climb . . .

Àradh

Mu sheachd uairean sa mhadainn, bha a' ghrian air èirigh 's ged a bha an ceò ann fhathast a' tilgeil fhaileasan taibhseil air salchar na trainnse agus aodainn nan Tommies, bha e a' briseadh – a' seacadh. Bha an saoghal a' fàs nas fhasa fhaicinn – na craobhan air bearraidhean Thiepval, agus loidhnichean corrach nan trainnseachan, air an gearradh a-mach à ùir chailceach Srath na Somme. Os an cionn, tro dhorchadas na h-oidhche agus boillsgidhean nam bomaichean, cha robh na reultan rim faicinn. Cha robh claidheamh no saigheadan Orion ann airson an stiùireadh. A-nis, ge-tà, ann an ciad shoillse na maidne, agus an ceò a' togail, bha a' chiad shealladh ann de speuran liath, a' togail leotha cuid dhen an-shocair a bha laighe air na gillean, 's làn-fhios aca dè bha tighinn.

Aig cairteal às dèidh a seachd, thuit sàmhchair. Choimhead na saighdearan air càch-a-chèile. Cuid a bha a' lìonadh an cuimhne le aodainn an luchd-dàimh, gun fhios cuin a chitheadh iad gnùis an caraid a-rithist. An ann an seo, ann an eabar na Frainge, neo ann an soillseadh sìorraidh far am biodh gach lot 's gach leòn air an slànachadh . . .? Fhuair iad dearbhadh, ma bha dearbhadh a dhìth as dèidh oidhche san fhuachd, gu robh an t-àm ann. An-diugh bhiodh susbaint nan saothair. An-diugh bhiodh gach gaisgeach a' cur feum air a chruinneag, agus bhiodh grèim bàis aca uile oirre, gus am faigheadh iad dhachaigh, neo gus am faigheadh iad bàs.

Thog Eachann a cheann bho na h-ùrnaighean aige, a bha air a bhith a' dol gun stad airson leth-uair a thìde. Dh'fhaigh-neachd e do Ruairidh gu dè bha ceàrr . . .? Bha esan, mar a bha iad uile airson mionaid neo dhà, a' smaoineachadh gu robh iad air a dhol bodhar. Ach bha fhios aige, mar a bha fhios aca uile, fiù 's mus do ruith a' cheist far a bhilean, gu dè bha ceàrr. B' e seo na gunnaichean mòra, mu dheireadh thall, a' stad. Sheas iad gu aon taobh, an druim ri balla-cùil na trainnse. Bha cuid air nochdadh 's àraidhean aca. A h-uile fichead slat neo mar sin, bha àradh.

Bha an ceò a' sìor thogail a-nis. Do shùilean Ruairidh, ge-tà, bha an saoghal fada na bu shoilleire na bha còir aige a bhith – mar gu robh grian eile air a ghàirdean, a' cur solas agus blàths agus teas dhan a h-uile càil a bha timcheall air. A bharrachd air a sin, bha a h-uile fuaim air a mhùchadh. Shaoil e an toiseach nach robh ann ach gu robh na gunn-aichean balbh. Cha b' e sin a bh' ann, ge-tà. Chunnaic e brògan na feadhainn a bha a' giùlan nan àraidhean seachad air. Bha iad a' slapadaich air an fhiodh bhog fhliuch air làr salach na trainnse. Do Ruairidh, ge-tà, bha iad a' coiseachd air cluasagan, an guthan àrd, fad' às mar nach robh e buileach còmhla riutha, a' seasamh rin taobh. B' e àraidhean fiodha a bha na balaich a' togail. Bha iad mu ochd troighean a dh'àirde. Àrd gu leòr airson duine a thogail a-mach às an t-sloc dhòrainneach seo. Bha iad ùr cuideachd. Cuid dhiubh co-dhiù. Cha robh gu leòr aca, 's bha aca ri feadhainn eile a dhèanamh, shaoil Ruairidh. Saoil dè an àirneis phrìseil a chaidh ìobairt an ainm a' chogaidh . . .?

Aig fichead mionaid às dèidh a seachd, chaidh Ruairidh
fhuadach às an reverie aige le crith-thalmhainn. Chaidh am
morghan os an cionn a reubadh a-mach às a' bhalla, 's thuit
e orra. Cho math, smaoinich e, gu bheil clogaidean oirnn.
Bha na comanndairean air an armachd ullachaidh mu
dheireadh a chaitheamh. Sna seachdainean a chaidh seach-
ad, bha turasan dìomhair air a bhith ann gu taobh nan
Gearmailteach. Dh'fhàgadh bomaichean air am falach anns
na tuill agus ann an cuid dhe na mìltean thar mhìltean de
thrainnsichean a bha iad air a chladhach thall an siud.
Bhathas ag amas air an spreadhadh goirid mus deigheadh
na saighdearan-coise dhan ionnsaigh. Le deich mionaidean
ri dhol chun mhòmaid oillteil sin, siud iadsan a-nis a' dol
dheth.

Ge-tà, cha robh fhios aig cuid dhe na balaich gu robh càil
sam bith mar sin anns an amharc. Thug iad a-rithist sùil
mhì-chinnteach air na bha timcheall orra. Dè bha siud . . .?
Dè a bha e a' ciallachadh . . .? Dè a bha a' dol a thachairt
a-nis . . .? Chaidh monmhar fad loidhne nan saighdearan
nach b' iad na Gearmailtich a bu choireach ris an fhuaim
ud, gur e am boma mòr mu dheireadh a bh' ann, am boma a
dhèanadh cinnteach gur e glè bheag de na nàimhdean a
bhiodh a' feitheamh orra air an taobh thall. Shocraich iad
beagan, a' cruinneachadh an cuid smuaintean. Chunnaic
Ruairidh cuid a' sgrìobhadh litrichean, neo leabhar-latha.
Bha an leabhar-latha aige fhèin a-nis paisgte gu sàbhailte sa
mhàileid. Bha cuid eile a' sgrùdadh an gunnaichean. Cha
robh càil aig duine aca cho cudromach ris a' ghunna –
uidheamachd an dìon agus uidheamachd na h-ionnsaigh,
bha e air leth cudromach dhaibh uile gu robh iad ag obair
ceart 's ann an deagh òrdugh. Grunn eile dhe na balaich,
bha iad a' coimhead le feagal air na h-àraidhean a bha a-nis
a' seasamh mar dhrochaid a dh'Ifrinn, air balla-aghaidh na
trainnse. Balbh iad fhèin, ach a' craobh-sgaoileadh an ciall
gus an tuigeadh a h-uile duine carson dìreach a bha iad ann.

Cha robh ach dà throigh eadar Ruairidh agus an t-àradh a

b' fhaisge. Chaidh a chur fèar air beulaibh Thormoid. Cha robh coltas sam bith gu robh e a' toirt feart dhan àradh, 's e am measg nam balach a bha a' coimhead a ghunna agus a' sgrùdadh a chuid pheilearan, feuch am biodh gu leòr aige.

Aig ochd mionaidean fichead às dèidh a seachd, chuala iad aon fhacal, air a ghairm aig àird an claiginn bho aon taobh de Shloc na Somme chun an taobh eile:

READY . . .

Chuir Tormod a làmh chlì 's a chas dheas air bonn an àraidh. Tharraing e anail, 's thug e sùil aithghearr air gach taobh dheth.

Sheas Ruairidh air a chùlaibh, a cheann na bhoil, gun chàil air aire a-nis ach feitheamh.

Beag-fhaclair – Caibideil 6 – Fhàradh

fhaileasan taibhseil   *its ghostly shadows*
bearraidhean   *cliffs, ridges*
loidhnichean corrach   *ragged lines*
ùir chailceach   *chalky soil*
an-shocair   *unease*
an luchd-dàimh   *their friends*
gnùis   *face*
ann an soillseadh sìorraidh far am biodh gach lot 's gach leòn air an
   slànachadh   *in an eternal light where all their wounds and hurt
   would be healed*
bhiodh susbaint nan saothair   *there would be a point to their work*
a chruinneag   *his gun (literally 'sweetheart')*
grèim bàis   *death grip*
àraidhean   *ladders*
air a mhùchadh   *drowned out*
a' slapadaich   *making slapping noises*
às an t-sloc dhòrainneach seo   *from this miserable pit*
dè an àirneis phrìseil a chaidh ìobairt   *what fine furniture had been
   sacrificed*
crith-thalmhainn   *earthquake*
morghan   *gravel*
air an armachd ullachaidh mu dheireadh a chaitheamh   *had used their
   last preparatory weapon*
turasan diomhair   *secret trips*
chun mhòmaid oillteil   *until that terrible moment*
monmhar   *murmur*
uidheamachd an dìon agus uidheamachd na h-ionnsaigh   *their defence
   and attack tool*
a dh'Ifrinn   *to Hell*
fèar air beulaibh   *right in front*
a' toirt feart   *noticing*
a cheann na bhoil   *his head in turmoil*

Caibideil 7

Geàrr-chunntas

Tormod is the first out of the trench. Just over the parapet he loses his footing in the mud and falls over. On seeing a soldier nearby being killed, he gets to his feet and charges. But the terrain is bad, the odds overwhelming.

Tormod

PHEEEEP.

Air an fhìdeag, leig Tormod, agus mìle saighdear eile fad na trainnse, èigh làidir agus dhìrich iad cho luath 's a b' urrainn dhaibh suas an t-àradh. Thuit Tormod air a cheann-dìreach cha mhòr às spot a bha e seachad air mullach a' pharapet. Bha iad air a' uèar-bhiorach a sguabadh às an rathad tron oidhche, 's bha an t-slighe a-nis fosgailte dhan a h-uile duine a-mach tro No Man's Land.

Bha No Man's Land na chuan glas ann an solas liath na maidne. Ann am priobadh na sùla, eadar e dhol thairis air a' pharapet agus sìos chun na talmhainn, laigh sùilean Thormoid air an t-saoghal a bha romhpa a-nis. Cha robh duine aca air a bhith cho fada seo bhon trainnse ann an solas an latha (fann 's gu robh e) bho thàinig iad gu na loidhnichean aghaidh grunn mhìosan air ais. Chunnaic e a-nis nach b' e àite a bh' ann gu 'n iarradh e tilleadh. Nam biodh an Sàtan, shaoil e, air a bhith a' cruthachadh aghaidh na tìre, seo dìreach an seòrsa àite a bhiodh air èirigh às inntinn. Cha robh briseadh anns an eabar agus sa pholl, ach a-mhàin tuill nam bomaichean agus slocan nan sligean. Mu thràth, gun

ach mionaid neo dhà bho chuala e an fhìdeag, bha an ùir
ghrod air a gànrachadh le fuil nan gaisgeach. Bha glagadaich
nan gunnaichean luath bho thaobh thall na h-Ifrinn a'
bragadaich na chluasan gun stad. Bha aige ri a bheul
a dhùnadh gus sgi amh an uabhais a bha a' feitheamh air
bàrr a theanga a chumail air ais. Chaidh aon smuain tro
cheann – loisg do ghunna.

Fhuair e, anns a' mhionaid sin, nach robh a chorragan ag
obair mar bu chòir. Tron oidhche bha e air a bhith na
gheàrd, a' cumail sùil a-mach airson shaighdearan Gearm-
ailteach fhad 's a chaidh am parapet a sgioblachadh gus
rathad a dhèanamh dhaibh. Eadar sin agus a bhith a-staigh
anns a' chlais còmhla ri càch a' feitheamh air a' chamha-
naich, cha do mhothaich e gu robh i a' sìor fhàs fuar. Bha
adreanailin air a chumail a' dol, agus an smuain nach fhada
a-nis gu 'm biodh a' chùis seachad. Cha do smaoinich e a-
riamh gu robh e gu bhith cho dona seo.

Bha na peilearan a' seinn 's a' feadalaich air gach taobh
dheth. Bha e a' slaodadh 's a' slaodadh air bolta an raidhfil
aige, ach a dh'aindeoin cho cruaidh 's a thàirneadh e air ais
e, 's i nach gluaiseadh. Mu dheireadh, 's deòir na shùilean
le cho feargach, feagalach 's a bha e, fhuair e an neart.
Tharraing e am bolta. Mu dheireadh, bha peilear airgid
dìreach ann an amhaich a' ghunna. Thog e gu shùil e, agus
tro cheò agus duslach a' bhlàir a bh' air a dhol às a chiall ma
thimcheall, loisg e a' chiad pheilear aige ann an Gleann na
Somme.

Tharraing e am bolta a-rithist. Siud a-nis an dàrna slige
bheag na ghunna. Tharraing e anail cuideachd. Bha srann
na chluais, agus bhuail peilear ann am poca gainmhich air a
chùlaibh.

"Dia, bha i siud faisg," thuirt e fo anail. Gu faiceallach,
thog e a cheann cho àrd 's a leigeadh earbsa leis. Bha
Eachann pìos air falbh bhuaithe, a' dol gu slaodach air a
mhionach air adhart a dh'ionnsaigh loidhnichean na
earmailt. Bha fhios aige gu robh Ruairidh air a bhith dìreach

air a chùlaibh, ach às dèidh dha tuiteam, cha do dh'fhairich e a charaid a' dol seachad air, 's cha robh sgeul air a-nis. Chuir Tormod às a cheann e. Bha Ruairidh glic, bhiodh e all right.

Dh'èirich e gu ghlùinean. Bha fear eile ri thaobh a' strì, mar a bha e fhèin bho chionn mionaid, ri bolta a' ghunna. Choimhead am balach sìos air a' ghunna. Cha robh Tormod ga aithneachadh, ach thuigeadh e am feagal a bha na shùilean 's na gunnaichean a' frasadh bàis orra fad an t-siubhail. Thòisich e a' gòmadaich nuair a chaidh peilear tro shùil a' ghille. Bha e marbh mus do land e sa pholl.

Leig e èigh an uair sin 's rinn e às, cho luath 's a bheireadh a chasan e. Cha robh dad idir ga stiùireadh a-nis ach fearg. Cha sheasadh Bosche neo Bosche anns an rathad air. Chuireadh e gach mac-màthar dhiubh gu bàs air ceann na beugaileid, 's nan gluaiseadh iad às dèidh sin, chuireadh e peilear annta. Na dheann, bha e a-nis a' dol seachad air cuirp. Bha a bhrògan, còmhdaichte mar a bha iad ann am poll agus salchar na trainnse, a-nis a' dol am bogadh gu adhbrannan ann an salchar No Man's Land agus fuil gach gaisgich a bh' air tuiteam mu thràth. Air dhòigh air choreigin bha na peilearan uile a' dol seachad air. Cho luath 's a bha a' dol aige air, bha e a' togail 's a' losgadh a ghunna fhèin. Cha b' urra dha ràdh dè cho fad' 's a bha e air ruith – bha e faireachdainn mar mìle, neo 's dòcha dhà.

Ann an da-rìribh, le cho corrach, salach, tacte le na mairbh 's a bha an talamh, cha d' fhuair Tormod ach mu cheud gu leth slat a' mhadainn sin. Às dèidh sin, thàinig deàlradh grèine gu raon Blàr na Somme. Chunnaic Tormod anns an t-soilleireachd a bha a-nis a' lìonadh a shùilean Gearmailteach a' tighinn dha ionnsaigh. Thilg e e fhèin air a bheul-fodha a-rithist 's chur e peilear an ceann a' bhalaich. Gun fhiosta, 's gun mhothachadh dha, ge-tà, bha an duine air losgadh airsan an toiseach.

Thug e mionaid neo dhà mus do mhothaich e dhan fhuil a bha a' drùdhadh a-mach às an toll a bha a-nis na mhionach.

Dh'fheuch e ri seasamh, ach cha robh lùths na chasan. Cha mhòr gun deigheadh aige air anail a tharraing a-nis agus bha dorchadas an iomall a fhradhairc. Air a shocair, chaidh aige air e fhèin a shlaodadh a-steach gu toll boma. Bha triùir nan laighe marbh ann an sin, an sùilean fosgailte 's fuil air am bilean. Laigh Tormod sìos air a dhruim an sin còmhla riutha.

Beag-fhaclair – Caibideil 7 – Tormod

air a cheann-dìreach   *head-first*
ann am priobadh na sùla   *in the twinkling of an eye*
a' cruthachadh aghaidh na tìre   *creating the landscape*
slocan nan sligean   *shell holes*
air a gànrachadh le fuil nan gaisgeach   *polluted with the blood of the heroes*
glagadaich/bragadaich   *rattle, din*
sgiamh an uabhais   *scream of horror*
air bàrr a theanga   *on the tip of his tongue*
earbsa   *confidence*
a' frasadh bàis orra   *showering death on them*
fad an t-siubhail   *all the time*
gòmadaich   *vomiting*
mus do land   *before he landed (on the ground)*
dol am bogadh   *sinking*
adhbrannan   *ankles*
tacte   *choked*
air a bheul-fodha   *face down*
gun fhiosta, 's gun mhothachadh dha   *unawares, without his noticing*
lùths   *strength*
bha dorchadas an iomall a fhradhairc   *there was darkness on the edge of his sight*

Caibideil 8

Geàrr-chunntas

Eachann proceeds more cautiously across No Man's Land. He picks his way between shell craters. Eventually he reaches a German machine-gun emplacement, with the aim of destroying it. His plan fails.

Eachann

PHEEEP

Sguir e a dh'ùrnaigh, 's thog e a shùilean chun àradh a bha air a bheulaibh.

Cha robh mionaid air a dhol seachad, cha mhòr, mus robh Tormod, 's an uair sin Ruairidh, às an t-sealladh os a chionn. Chaidh dithis eile suas an t-àradh air a bheulaibh. Fhuair e e fhèin an uair sin le chas air a' chiad steap. An ath rud, chunnaic agus chuala e an t-uabhas a bha ann an No Man's Land, gun chàil anns an rathad air a-nis. Nuair a dhìrich e a-mach às an trainnse, roghnaich e gluasad chun na làimh chlì. Thug e an aire gu robh Tormod na laighe sa pholl faisg air beul na clais aca. Ach bha e a' gluasad 's cha robh coltas gu robh e air a dhroch leòn. Thug sin misneachd dha, 's lean e air. Bha daoine air gach taobh dheth. Bha cuid dhiubh a' ruith air adhart, cuid eile bha iad a' coiseachd.

Sa mhor-chuid, ge-tà, bha daoine a' tuiteam 's peilearan Gearmailteach a' reubadh am beatha bhuapa air feadh an àite. Cha robh dà dhòigh air: le neart nan gunnaichean a bha a' frasadh bàis dhan ionnsaigh, b' e rud doirbh dha-rìribh a bhiodh ann dha fhaighinn faisg air na Gearmailtich. Dh'fheumadh e plana.

Thilg e a ghunna air an làr 's laigh e sìos ri thaobh. Thog e e, 's shlaod e e fhèin air adhart le ghàirdeanan gus an robh e ri taobh fear de thuill nam bomaichean. Roilig e a-steach ann, 's chuir e a cheann sìos, ach am faigheadh e co-dhiù beagan fois smaoineachaidh. Bha machine-guns na Gearmailt a' fàgail nach robh e sàbhailte dha seasamh, agus bha solas an latha a' sìor fhàs na bu làidire, 's an ceò a' sìor sgapadh a-nis. Bhiodh e deamhnaidh doirbh a bhith falach bhuapa.

Cha robh fuaim ann, ach fuaim a' bhàis. Chluinneadh e brag fliuch nam peilearan anns na saighdearan a bha nan deann-ruith seachad air far an robh esan a-nis na laighe. Chluinneadh e èigheachd thiamhaidh bho shaighdearan air an droch leòn, a bha iad fhèin a' laighe, mar a bha esan, ann an tuill air raon a' bhlàir.

Chan e gur e blàr a bh' ann san t-seagh sin.

Cho-dhùin e gun dèanadh e a shlighe shocair fhèin a dh'ionnsaigh an taobh eile air a mhionach, gur e sin an dòigh a b' fheàrr a thighinn faisg sam bith air a cheann-uidhe. Fiù 's, ge-tà, nuair a bha am plana sin a' tighinn thuige, thuig e gu h-obann fìrinn an t-suidheachaidh. Bha daoine a' bàsachadh sa h-uile àite. B' e glè bheag dhiubh a bha a' faighinn cothrom fiù 's na gunnaichean aca fhèin a losgadh. Nan deigheadh aige air faighinn gu clais na Gearmailt, bha e follaiseach a-nis gu robh iad sin a cheart cho làn shaighdearan 's a bha iad a-riamh. Cha robh an iomairt bomaidh, a bh' air a bhith a' dol gun abhsadh airson seachdain, air mòran a dhèanamh. Bha na Gearmailtich fhathast ann. Bha na gunnaichean agus na sgeinean aca fhathast ann, 's ged a dheigheadh mìle Tommy nan tonn a-steach dha na trainnsichean aca, chan ann leotha a bhiodh an latha. Bha a' chùis do-dhèante.

Ach dè eile a b' urrainn dha a dhèanamh . . .? Bha e air a thighinn air adhart an seirbheis an Rìgh is airson maith Bhreatainn. Gheall iad uile an dìcheall a dhèanamh. Mura dèanadh e sin, 's math a bha fhios aige gun deigheadh a chur gu bàs co-dhiù. Gealtaire, chanadh iad, 's bhiodh am bròn 's an àmhghair sin air a theaghlach airson ghinealaichean mòr a-mach bhon a seo.

No. Cha robh càil ann air a shon. Dh'fheumadh e a dhol air adhart. 'S e am Big Push a bha iad a' gabhail air a seo. Sin dìreach a dhèanadh e. Phutadh e air adhart. Dhèanadh e deamhnaidh fhèin cinnteach gun deigheadh a lann a chur gu feum, neo bhàsaicheadh e anns an iomairt. Co-dhiù ghleidheadh e a chliù.

Thog e a cheann. Bha a' ghrian a' deàrrsadh, ach bha ceò nan gunnaichean 's nam bomaichean a' fàgail nach fhaiceadh e mòran. Mar mhirage air a bheulaibh, bha e smaoineachadh gun dèanadh e a-mach fear de ghunnaichean na Gearmailt – fear dhe na machine-guns a bha a' gearradh a charaidean nan stiallan.

"Sin agad e. Ma gheibh mi thugad, nì sin feum beag air choreigin," thuirt e ris fhèin fo anail.

Gu socair, choimhead e timcheall. Bha ochd claisean, mar an tè anns an robh e, eadar e fhèin agus an t-ionad Gearmailteach. Bha e smaoineachadh gu robh triùir dhiubh ann. Cha leigeadh e a leas ach a dhol air a mhionach eadar na claisean agus bhiodh e sàbhailte. An ìre mhath sàbhailte co-dhiù.

Bha dàrna leth dhiubh làn de shaighdearan mu thràth. Cuid dhiubh seo, bha iad air an leòn ro dhona airson cuideachadh a thoirt dha. Bha cuid eile marbh, an sùilean ag òl a-steach glòrmhorachd nan speuran. Iadsan a bha fortanach rathad fhaighinn a-mach à Ifrinn.

Cha robh e a-nis ach fichead slat bho na Gearmailtich. Bha Tommies fhathast a' taomadh a-mach às na trainns-ichean Breatannach, 's bha uile aire nan Gearmailteach orra sin. Bha an dòigh aca mionaideach, cùramach. Cha robh iad a' frasadh pheilearan gun a bhith a' coimhead idir. Bha iad a' sgrùdadh na talmhainn, feuch càite am bu chòir dhaibh a bhith ag amas.

Dh'fheumadh e a bhith luath. Cha robh ann ach triùir, 's dh'fheumadh e an toirt a-nuas cho luath 's a b' urrainn dha. 'S e bhith a' cur às dhan fhear a bh' air cùl a' ghunna a' chiad rud a bh' air aire. Thog e an gunna gu shùil. Chur e am baraill air loidhne dhìreach gu amhaich an t-saighdeir agus loisg e. Ann am fras dearg agus osna phiantail thuit an duine marbh. Bhàsaich an dàrna gunnaire cuideachd – an duine a bha a' cumail pheilearan ris a' ghunna mhòr. Chaidh am peilear aig Eachann tron a' chiad duine, 's bhuail e san dàrna fear an clàr an aodainn. Ann an tiotan, bha an treas fear air a dhol air cùlaibh a' ghunna, 's thòisich e a' tionndadh gu far an robh Eachann.

Bha e marbh. Chunnaic e am machine-gun a' tionndadh, 's bha fhios aige nach gabhadh càil a dhèanamh na aghaidh, 's cha robh a' chlais anns an robh e gu bhith faisg gu leòr air airson a shàbhaladh. Gun smaoineachadh air, thog e a ghunna fhèin, 's loisg e a-rithist.

Ach bha a chiad smuain ceart. Dh'fhairich e gathan teas air feadh a chuirp agus tharraing e an sin, ann am poll na Somme, an anail mu dheireadh aige air uachdar na talmhainn.

Beag-fhaclair – Caibideil 8 – Eachann

às an t-sealladh   *out of sight*
gun chàil anns an rathad air   *with nothing in his way*
misneachd   *courage, confidence*
a' reubadh am beatha bhuapa   *tearing their lives from them*
a' frasadh bàis dhan ionnsaigh   *showering death in their direction*
deamhnaidh doirbh   *damned hard*
brag fliuch nam peilearan   *the wet thud of bullets*
nan deann-ruith   *rushing*
èigheachd thiamhaidh   *plaintive cries*
raon a' bhlàir   *the field of battle*
fìrinn an t-suidheachaidh   *the truth of the situation*
iomairt bomaidh   *bombing campaign*
chan ann leotha a bhiodh an latha   *they were not going to win*
do-dhèante   *impossible*
an dìcheall   *their best*
am bròn 's an àmhghair sin   *that grief and anguish*
dhèanadh e deamhnaidh fhèin cinnteach   *he would make damned well certain*
neo bhàsaicheadh e anns an iomairt   *or he would die in the attempt*
ghleidheadh e a chliù   *he would keep his good name*
ag òl a-steach glòrmhorachd nan speuran   *drinking in the glory of the heavens*
a' taomadh a-mach   *pouring out*
osna phiantail   *painful groan/sigh*
nach gabhadh càil a dhèanamh na aghaidh   *that he couldn't do anything against it*
gathan teas   *barbs of heat*

Caibideil 9

Geàrr-chunntas

Ruairidh adopts the same approach as Eachann. He carefully threads his way between craters in the treacherous mud of No Man's Land. He too finds himself in a position to attack a machine-gun battery. He is a more skilled marksman than Eachann, and he has the element of surprise and a solid place to shelter.

Ruairidh

PHEEP

Leig Ruairidh èigh 's bha e thairis air a' pharapet ann am priobadh na sùla. Tharraing e anail 's dhìrich e an t-àradh. Cha robh sgeul air Tormod, ach bha e gu math follaiseach gu robh droch latha romhpa gun teagamh. Eadar ceò na maidne agus ceò nam bomaichean, cha robh mòran ri fhaicinn.

Ghluais e a-mach ann an No Man's Land, a ghunna ri ghualainn fad an t-siubhail, a chorrag air an triogair, a shùil anns a h-uile àite. 'S e poll as motha bha fo bhrògan, 's bha e cho sleamhainn ri feamainn na tràghad. Thuit e air a dhruim-dìreach, 's chunnaic e triùir nan deann-ruith a' dol seachad air, iad fhèin ag èigheachd aig àird an claiginn. Dh'fhalbh iad dhan a' cheò, 's chan fhaca Ruairidh dalladh orra tuilleadh.

Roilig e air a mhionach, 's thòisich e ga shlaodadh fhèin air adhart. Bha e a' faireachdainn gaoth uabhasach nam peilearan mòra a' dol seachad air a chluasan. Na thaobh a-staigh fhèin, dh'fhairich e gur e mìorbhail a bh' ann nach robh gin dhiubh air bualadh ann fhathast. Cha robh càil na b' fhollaisiche dha na gu robh na peilearan sin air a bhith deamhnaidh fhèin èifeachdach. Ged a bha esan am measg na ciad fheadhainn a chaidh a-mach dhan t-saoghal os cionn na trainnse, bha fhathast na ceudan bhalach nan laighe gun mhothachadh, gun bheatha tuilleadh, anns a' pholl mu chasan. Ràinig e fear dhiubh a bha na laighe air a chliathaich, toll na cheann. Chlisg e, 's thòisich e a' gòmadaich.

Thug e 's dòcha còig mionaidean a' laighe ri taobh a' bhalaich gun ainm ud. Bha e a' feuchainn ri smaoineachadh dè bu chòir dha a dhèanamh. Am badeigin air cùl inntinn, bha dragh air mu na bh' air èirigh do Thormod 's Eachann, ach cha b' urrainn dha smaoineachadh orra an-dràsta. Bha aige ri feuchainn air a' cheann-uidhe – air a' cheann thall. Bhiodh sin doirbh le mar a bha na peilearan a' frasadh seachad air gun sgur, agus leis cho follaiseach 's a bha e nach robh mòran dhe na gillean eile a' faighinn a-nall. Dè bhiodh roimhe nan faigheadh e ann . . .? Gun cheist, batàilianan de Ghearmailtich, cho slàn 's a bha iad riamh, 's dòcha. No. Dh'fheumadh e rudeigin eile a dhèanamh.

Mun àm a ghluais e seachad air corp a' bhalaich bhochd ud, bha cuid dhen cheò air togail 's bha a' ghrian a' faighinn troimhe, fann fhathast tron dubhar, ach a' fàs nas làidire. Mus do dh'fhalbh e thug e leis an luchd pheilearan a bh' air a bhith aige, agus cuideachd prosbaig a bha sa mhàileid a bha air a bhith air a dhruim. Bha e air gluasad 's dòcha dà cheud slat bhon trainnse, 's bha pìos math de No Man's Land mu choinneamh fhathast. Chuir e am prosbaig ri shùil, 's thòisich e a' sgrùdadh an talaimh àird air fàire far an robh na Gearmailtich air iad fhèin a stèidheachadh na h-uimhir a mhìosan mòra air ais.

Leis a' ghlainne, bha e a' faicinn mu mhìle de loidhne na Gearmailt, agus rinn e tomhas luath air cia mheud dhe na machine-guns a bha aca air fheadh. Bha esan an-dràsta an teis-meadhan a dhà dhe na h-ionadan gunna sin. A h-uile dhà na thrì dhiogan bhiodh blast fuaim agus deàrrsadh solais asta, 's dh'fhairicheadh e san spot na peilearan a' dol seachad air. A rèir choltais, bhiodh e sàbhailte nam fuiricheadh e far an robh e. Cha b' urrainn dha, ge-tà, feitheamh an seo gu 'm biodh an oidhche ann. Bha sin dusan uair a thìde air falbh neo còrr. Dh'fheumadh e gluasad.

Mean air mhean, ghluais e. Cho slaodach 's a b' urrainn dha. Glùinean agus uilinnean ga shlaodadh air adhart, mar sheilcheag. Thug e sùil air an uaireadair a bha fhathast na phòcaid. Bha e leth-uair às dèidh a h-ochd. Bha e uair a thìde a-steach dhan chogadh cheart, 's cha robh e fhathast air a ghunna a losgadh neo boinneag fala a chur air a bheugaileid. Ach, eu-coltach ri na gaisgich air gach taobh dheth, a' ruith le an uile dhìcheall gu 'm bàs air sgàth briathran Kitchener, bha plana aig Ruairidh. Bha fhios aige dè a bha e a' dol a dhèanamh.

Air a bheulaibh air raon nam marbh bha creag. Mòr, cruinn agus seasmhach. Bha e na shuidhe le dhruim rithe, a' coimhead air ais air an trainnse aige fhèin. Cha robh sin fhathast ach mu leth-mhìle air falbh. Bha e air a bhith còrr 's uair a thìde a' dol leth-mhìle. A-nis, aig a' chreig, bha e faisg gu leòr air na Gearmailteach gus an sabaid ceart. Air a làimh dheas, mu dhà cheud slat air falbh, bha fear dhe na machine-guns aca. 'S e duine sgileil dha-rìribh a bh' ann an Ruairidh leis a' ghunna, 's cha toireadh e cus dha an triùir shaighdearan aig an robh smachd air an ionad sin a mharbhadh bho far an robh e an-drasta. Bha an gunna uabhasach fhèin èifeachdach taobh a-staigh sia ceud slat. Loisgeadh e orra, fear mu seach. Bhiodh aige ri bhith garbh luath, ge-tà, 's làn-hios aige gun tionndaidheadh an gunna air anns an spot 's a thuiteadh a' chiad fhear. 'S e an duine aig an triogair a dh'fheumadh falbh an toiseach.

Gun fhios dha, mu leth-mhìle air falbh, dìreach beagan mhionaidean air ais, bha a charaid air an dearbh phlana a dhèanamh. Cha mhotha a bha fhios aige nach do dh'obraich sin idir.

Ge-tà, bha Ruairidh ann an suidheachadh tòrr nas làidire na bha Eachann air a bhith. Bha fasgadh agus dìon aige. Bha e nas fheàrr agus nas luaithe leis a' ghunna.

Tharraing e anail a-rithist. Chur e peilear a dh'amhaich a' ghunna. Thog e a shùil dha na speuran, 's rinn e ùrnaigh. An uair sin, thionndaidh e gus an robh e na laighe air a mhionach, 's chur e gob a' ghunna timcheall còrnair na creige. Cha do mhothaich iad dha. Chuir e a shùil rithe, 's shlaod e gu socair, cinnteach air an triogair.

Beag-fhaclair – Caibideil 9 – Ruairidh

feamainn na tràghad   *the seaweed on the beach*
nan deann-ruith   *running headlong*
aig àird an claiginn   *as loudly as they could*
chan fhaca Ruairidh dalladh orra   *Ruairidh saw no more sign of them*
mìorbhail   *marvel, miracle*
cha robh càil na b' fhollaisiche   *nothing was clearer*
deamhnaidh fhèin èifeachdach   *damned effective*
air a chliathaich   *on his side*
chlisg e   *he started*
a' gòmadaich   *vomiting*
na bh' air èirigh do   *what had happened to*
an luchd pheilearan   *load/stock of bullets*
prosbaig   *telescope*
air fàire   *on the horizon*
air iad fhèin a stèidheachadh   *had positioned themselves*
ionadan gunna   *gun positions*
san spot   *at once*
mar sheilcheag   *like a slug/snail*
a' ruith le an uile dhìcheall gu am bàs   *running with perseverance to their deaths*
fear mu seach   *one by one*
garbh luath   *very fast*
gun fhios dha   *although he didn't know it*

Caibideil 10

Geàrr-chunntas

Ruairidh takes control of the German machine-gun with the aim of
turning it on the enemy. That plan does not work out, though, and
he is soon under attack again. He decides the best thing to do is to
destroy the gun emplacement. For the first time in his life, though,
he has knowingly killed a human being.

Gunna

Le brag, mharbh Ruairidh a' chiad duine a bha e air a
mharbhadh na bheatha chun a sin.

Gu h-obann, shlaod e e fhèin air ais a-steach air cùlaibh
na creige, 's le corragan snasail chuir e slige bheag eile an
sàs. Shìn e a-mach a-rithist fhad 's a bha an dàrna Gearm-
ailteach an impis an gunna a ghluasad dha ionnsaigh. Loisg
e a-rithist agus chaidh am peilear tro cheann an duine
bhochd. Cha robh air fhàgail a-nis ach aona Ghearmail-
teach. Chuir Ruairidh a-rithist peilear dhan a' ghunna, ach
mun àm a chàidh aige air a dhèanamh an treas turas, bha an
gunna mòr air fhosgladh 's bha na peilearan a-nis a'
sgoltadh na creige.

Cha chuala e fuaim a-riamh coltach ris. Bha smior a
chnàmhan a' clisgeadh, 's bha aige ris a h-uile meur dhe
spiorad 's dhe anam a chur na làmhan, gus a' chrith a
chumail asta airson an rud a dh'fheumadh e a dhèanamh.
Cha robh rian nach fheumadh an gunna stad. Cha robh rian
nach ruitheadh e a-mach à peilearan. Agus, cha robh rian
nach toireadh e ùine nas fhaide a' lìonadh a-rithist leis nach

robh ach aon duine a-nis an sàs ann. Bha dust na creige sa h-uile h-àite, ga thachdadh. Cha robh e a' tuigsinn. Bha e sàbhailte an seo, cha ruigeadh na peilearan air gu siorraidh, tha fhios gu robh am balach eile a' tuigsinn sin . . .?

Cha robh, ge-tà. Cha robh càil na cheann-san ach dìoghaltas fhaighinn dha dhithis dheagh charaid a bha air bàsachadh aig a chasan gun dùil sam bith ris. 'S e fearg a bha ga chumail a' dol. 'S e fearg a mharbh e. Nuair a ruith e a-mach à peilearan, bha e fo uiread a chaoch 's nach fhaigheadh e grèim air feadhainn eile luath gu leòr.

Sa mhionaid a sguir na peilearan a' toirt na creige aige às a chèile, bha Ruairidh air losgadh air ais. Bha am peilear aigesan dìreach, cinnteach. Reub e tro amhaich a' Ghearmailtich, 's chaidh e còmhla ri charaidean a dh'àite far nach ruigeadh caran meallta a' chogaidh air gu sìorraidh tuilleadh.

Dh'èirich Ruairidh gu ghlùinean 's thug e sùil a-mach bho oir na creige. Bha fuaim 's onghail a' bhlàir cho mòr 's cho drùidhteach 's a bha e riamh. Ach bha sàmhchair neònach ann an saoghal Ruairidh. Bha toll na chridhe, 's fhios aige nach biodh e chaoidh tuilleadh mar a chleachd e a bhith. A-riamh bho nochd e còmhla ri càch aig Gearastan Dheòrsa chaidh innse dhaibh, 's thuig iad cuideachd, gun tigeadh an latha far am feumadh iad daoine a mharbhadh. Mar dhuine a chaidh àrach na Chrìosdaidh, ge-tà, cha robh e ga fhaighinn ceart idir. A-nis, agus e ann . . . Dè a bha na gillean ud air a dhèanamh air . . .? Ceart gu leòr, bha iad air na ceudan a mharbhadh iad fhèin tron a' mhadainn sin, ach tha fhios nach robh iadsan iad fhèin ach a' feuchainn ri òrdain a leantainn agus an dùthaich fhèin a dhìon. Bha iad uile san aon t-suidheachadh, agus bha sin air uachdar inntinn nuair a ghluais e a-mach mu dheireadh thall bho fhasgadh na creige.

Bha ionad a' mhachine-gun grunn shlatan a-mach ann an No Man's Land bho phrìomh loidhne na Gearmailte, 's bha e follaiseach nach deach mothachadh fhathast nach robh e ag obrachdainn mar bu chòir. Dhìrich Ruairidh seachad air na pocannan gainmhich timcheall air. Le urram, ach cho luath 's a dheigheadh aige air, ghluais e na cuirp gus an robh iad nan laighe tarsainn an fhosglaidh a-steach dhan trainnse a bha a' dol eadar e fhèin agus Arm a' Khaiser. Thionndaidh e an uair sin chun a' ghunna.

Shaoil e, nuair a bha e na laighe air cùlaibh na creige, gun gabhadh e fhèin smachd air a' ghunna, 's gun tionndadh e e air na Gearmailtich fhèin. A-nis, ge-tà, agus e ann, chunnaic e nach robh sin a' dol a dh'obrachadh. Cha ghabhadh an gunna a ghluasad mun cuairt idir. Dh'fhaodte a thionndadh beagan eadar clì 's deas, ach cha deigheadh e timcheall fada gu leòr airson leigeil leis losgadh air na h-ionadan machine-gun air gach taobh. Cha do chosg e cus ùine air a sin, ge-tà. Aon uair 's gu robh fhios le cinnt aige nach robh am plana aige a' dol a dh'obrachadh, thòisich e air an gunna mòr a thoirt às a chèile. Aig a' char as lugha, dhèanadh e deamhnaidh cinnteach nach deigheadh aon Tommy a bharrachd a chur gu bàs leis an uidheam seo. Dh'fhalmhaich e am magazine, 's thilg e na peilearan cho fada a-mach ann an No Man's Land 's a b' urrainn dha.

An uair sin, 's a chiont mu na rinn e a' cagnadh anam, dh'fhàs e feargach 's thòisich e, le tòin a' ghunna fhèin, a' briseadh phìosan far a' mhachine-gun. Eadar sin, agus neart a dhà làimh, bha na pìosan a bu mhotha dheth ann an sprùilleach mu chasan gu math luath.

B' ann an uair sin a bhuail peilear anns na pocannan gainmhich air a làimh dheas, 's thuig e gu robh na Gearmailtich mu dheireadh thall air mothachadh dha. Bha dithis a' tighinn dha ionnsaigh.

Fo anail, thòisich e a' guidheachan gu robh e air an gunna a thoirt às a chèile. Air adhbhar air choreigin, cha bhiodh e cho pearsanta, cho dlùth dha fhèin, am marbhadh leis an uidheamachd mhòr. Bha barrachd iarainn na chridhe na bha tron oidhche raoir, ge-tà. Cha bhiodh e air a chreidsinn an uair sin, sa chiad àite gum biodh e fhèin fhathast beò, ach cuideachd gum biodh e beò air sgàth 's gu robh e air triùir a mharbhadh.

An robh ann an aon bheatha luach triùir . . .?

Luach còignear . . .?

Bha e gann dà pheilear eile nuair a chuir e a chùl ris a' ghunna mhòr, 's a-steach dhan chlobhsa a bheireadh a-steach e gu cridhe nan loidhnichean Gearmailteach.

Beag-fhaclair – Caibideil 10 – Gunna

an impis *about to*

anns an ionad sin *in that emplacement*

a' sgoltadh na creige *splintering the rock*

bha smior a chnàmhan a' clisgeadh *the marrow in his bones was shaking*

cha robh rian nach fheumadh an gunna stad *the gun surely had to stop*

dìoghaltas fhaighinn dha dhithis dheagh charaid *to get revenge for his two good friends*

fo uiread a chaoch *in such a fury*

reub *tore*

a dh'àite far nach ruigeadh caran meallta a' chogaidh air gu sìorraidh tuilleadh *to a place where the twists and turns of war would no longer touch him*

onghail *din*

cho drùidhteach *as piercing*

a chaidh àrach na Chrìosdaidh *who had been raised a Christian*

ag obrachdainn *working*

gun gabhadh e fhèin smachd air a' ghunna *that he would capture the gun*

gun tionndadh e e *that he would turn it*

aig a' char as lugha *at the least*

dh'fhalmhaich *emptied*

a chiont mu na rinn e a' cagnadh anam *his guilt for what he done gnawing away at his soul*

sprùilleach *fragments*

a' guidheachan *swearing*

uidheamachd mhòr *big machine*

luach triùir *the value of three*

dhan chlobhsa *to the close/connecting trench*

Caibideil 11

Geàrr-chunntas

Ruairidh formulates a plan to attack as many German machine-gun emplacements as he can. He hopes to do this stealthily and evade capture until nightfall, when he can sneak back across No Man's Land and return to the British trenches.

Plana

Neònach 's gu robh e, cha robh feagal sam bith air. Seo e, 's dòcha an aon Bhreatannach a fhuair seachad air No Man's Land, 's a bha a-nis far an robh còir aca uile a bhith – ann an trainnsichean na Gearmailt. Cha robh e riamh cho aonaranach, ach cha robh ùine sam bith aige smaoineachadh air. Bha feagal 's a h-uile càil eile a-nis air aigeann inntinn, 's cha robh air aire ach feuchainn ri rudeigin susbainteach a dhèanamh. Cha leigeadh e a leas ach fuireach an uair sin gu 'm biodh an oidhche ann, 's dheigheadh aige air tilleadh chun taobh aige fhèin.

Ghabh e a shlighe gu socair, sàmhach air adhart. An ceann leth-cheud slat bha meuran eile a' briseadh air falbh bhon chlais ìseal, dhorcha anns an robh e an-dràsta. Cha robh e fhathast ach air an iomall. Gu h-ioghantach, cha robh duine mun cuairt. Bha e air a bhith smaoineachadh bho mhadainn nach robh càil a dhìth dhaoine air an taobh seo dhen eabar.

Ràinig e a' chrois-rathaid, 's thug e sùil aithghearr gu gach taobh, 's thàinig plana ùr thuige. Bha fhios aige a-nis gu robh machine-guns na Gearmailt an siud 's an seo air

feadh nan loidhnichean aca. Gu follaiseach, cha robh geàrd
orra bhon taobh seo. Carson a bhitheadh . . .? Nan deigh-
eadh aige air cur às do dhà na thrì eile dhiubh, shàbhaileadh
sin cuid dhe na daoine aige fhèin co-dhiù. Aon uair 's gu
robh e air am fear mu dheireadh a mhilleadh, cha leigeadh e
a leas ach leum seachad air na pocannan, a-mach gu No
Man's Land agus air ais, uill, dhachaigh.

Thagh e an rathad gu deas, agus lean e air adhart, a'
crùbadh fad an t-siubhail. Bha e cho teth ri àmhainn 's e na
làn-èideadh cogaidh le clogaid agus màileid mhòr air a
dhruim fhathast. B' fheàrr leis piostal a bhith aige – bhiodh
sin tòrr nas fhasa a ghiùlan sna cùiltean cumhang, teann sa.
Stad e, 's thug e dheth a sheacaid agus a mhàileid. Chuir e
am falach iad cho math 's a b' urrainn dha, ach às dèidh
dha làn a phòcaidean de pheilearan a thoirt asta. Chrùb e
a-rithist, agus air casan socair dh'fhalbh e.

Gu h-obann, bho tholl ann am balla-cùil na trainnse,
nochd saighdear fèar air a bheulaibh. Bha a dhruim ri
Ruairidh 's bha e leis fhèin. Le luaths a chuir ioghnadh
fiù 's air fhèin, sheas an Tommy 's chuir e làmh air beul an
duine, agus a bheugaileid na dhruim. Shlaod e an uair sin e
a-steach dhan toll às an tàinig e. Feumaidh gur e oifigear a
bh' ann oir bha piostal aige air a chruachan agus buinn air a
sheacaid. Airson diog smaoinich Ruairidh air a sheacaid a
ghoid 's feuchainn air adhart ann an èideadh na Gearmailt,
ach cha do sheas am plana sin fada. Aon uair 's gum
bruidhneadh duine ris, dh'aithnicheadh iad nach b' e fear
dhiubh fhèin a bha seo idir.

Ach thug e leis am piostal.

A-mach bhon toll, chunnaic Ruairidh gu robh an trainnse
bheag chumhang chun an ath mhachine-gun a-nis glè
fhaisg air. Dh'fheumadh e an fheadhainn a bh' air a' ghunna
a chur sìos garbh fhèin luath, neo bhiodh an dàrna cuid de
dh'Arm na Gearmailt air a shàilean. Ruith e a-nis a-steach
dhan chlais, agus stad e anns an dorchadas. B' ann air na
tunailean-ceangail sa a-mhàin a bha mullach, cho fad 's a

chitheadh e, 's fhuair e comhartachd àraid leis a' chinnt nach robh duine ga fhaicinn. Tharraing e am piostal, 's chaidh e air adhart.

Bha e gan cluinntinn a-nis. Triùir dhiubh a-rithist. Gonadh. Bha e air a bhith an dòchas nach biodh uiread aig an fhear sa. Feumaidh gu robh iad a' cur pheilearan ùr dhan ghunna, oir cha robh gliongadaich a' bhàis ann idir. Sia troighean eile, 's chunnaic e iad. Thòisich an gunna a' spreadhadh a-rithist. An robh duine sam bith air fhàgail beò a-muigh an sin air an robh iad ag amas . . .? Co-dhiù bha neo nach robh, cha robh sin gu diofar do Ruairidh tuilleadh. Bha amas cinnteach aige a-nis airson a' chiad uair, agus cha robh càil a' dol a chur stad air.

'S e am piostal a bha math. Cha leigeadh e a leas stad airson peilear mu seach a chur an sàs innte. Gu luath agus gu cinnteach, loisg e trì tursan air na Gearmailtich òga, fuaim a pheilearan air a mhùchadh 's air a bhàthadh ann am fuaim a' ghunna mhòir. Cha bhiodh fhios aca a-chaoidh dè, neo cò, a thug bàs dhaibh. Bha iad marbh, ge-tà. Sheas Ruairidh an uair sin, 's gun faireachdainn sam bith a-nis, chaidh e 's mhill e an gunna gu tur. Thug e às a chèile e mar a rinn e leis a' chiad fhear. Chaidh cuid dhe na pìosan a-mach a No Man's Land. Cha bhiodh e idir furasta a chàradh.

An turas sa, cha do bhodraig e le na cuirp. Dh'fhàg e iad far an do thuit iad, 's theich e cho luath 's a b' urrainn dha sìos a' chlais-cheangail a-rithist. An turas sa, ge-tà, chaidh e air ais air fhèin an taobh a thàinig e sa chiad àite. Cha robh mòran air a bhith ann an ceartuair, 's shaoil e nach bitheadh a-nis a bharrachd.

Bha e ceàrr, ge-tà. Cha robh e air a dhol fichead slat nuair a thàinig dithis nan ruith dha ionnsaigh. Thilg Ruairidh e fhèin air a dhruim-dìreach, 's nuair a thog na Gearmailtich an gunnaichean airson a mharbhadh, loisg e a-rithist leis a' phiostal. Chaidh aon pheilear tro cheann a' chiad duine, 's an dàrna peilear tro ghàirdean an fhir eile. Thuit esan, ach rinn e strì gu èirigh a-rithist. Cha robh na bha sin de thìde aige, ge-tà, 's mus robh fhios aige, bha bonn an raidhfil aig Ruairidh air a bhualadh mu pheirceall. Bha an duine gun lùths gun mhothachadh. Ged a bha fios cìnnteach na chridhe gum biodh e ann an suidheachadh na bu chugall-aiche buileach nan dùisgeadh an gille sa, cha b' urrainn do Ruairidh a mharbhadh. 'S e aon rud a bha ann a bhith a' cur às do chuideigin a bha a' feuchainn ri do mharbhadh, ach cha robh an duine na chunnart dha a-nis. Shlaod Ruairidh e, agus an duine eile, a-steach dhan phreasa bheag far an robh corp an oifigeir air fhalach.

Beò an dòchas nach dùisgeadh am balach gus an robh e fhèin air teicheadh, thug e a chasan leis a-rithist.

Beag-fhaclair – Caibideil 11 – Plana

neònach 's gu robh e   *strange as it might seem*
an aigeann inntinn   *at the bottom of his mind*
rudeigin susbainteach   *something useful*
cha leigeadh e a leas ach fuireach   *he need only wait*
air a bheulaibh   *in front of him*
garbh fhèin luath   *extraordinarily fast*
comhartachd àraid   *a certain comfort*
leis a' chinnt   *in the certainty*
gonadh   *drat!*
uiread   *as many*
gliongadaich a' bhàis   *rattling of death*
peilear   *bullet*
cha do bhodraig e   *he didn't bother*
air a dhruim-dìreach   *flat on his back*
na bu chugallaiche buileach   *more uncertain/dangerous still*

Caibideil 12

Geàrr-chunntas

Now in the heart of the German defences, Ruairidh sets about putting his plan into action and destroying as many German positions as he can. But word has spread that a saboteur has breached their lines, and the enemy soldiers are on the lookout for the spy.

Duilgheadas

Gu socair, sàmhach chrùb e anns an dorchadas sìos an tunail bhon a' chiad ghunna a mhill e. Feumaidh nach robh na bha sin de shaighdearan anns an earrainn seo dhe na trainnsichean Gearmailteach. Thug e mionaid neo dhà a' cur pheilearan às ùr dhan a' phiostal a bha e air a ghoid, 's chuir e peilear ùr an amhaich a chruinneig fhèin cuideachd. Bha an t-acras ga tholladh, 's rinn e gàire a' smaoineachadh air a' bhiadh uabhasach a bha iad uile air fhulang bho thàinig iad dhan dòlas àite bha seo. 'S e a bha ga ionndrainn a-nis. Nach ioghantach, smaoinich e, na rudan a bhios sinn ag ionndrainn nuair nach eil iad ann . . .?

Bha casan air na duckboards anns a' phrìomh thrainnse. Bha iad a' tighinn gu slaodach, ruitheamach. Saighdearan, a' caismeachd. Cha b' urrainn dha ràdh cia mheud dhiubh a bh' ann. Airson a' chiad uair air a' mhadainn sin, thòisich feagal ceart a' greimeachadh air a chridhe. Nuair a thàinig e thairis air a' pharapet, cha robh tìde aige a bhith feagalach, 's e cho cudromach dha a bhith ga chumail fhèin beò. Airson greiseag às dèidh sin bha plana math aige 's chùm sin aire bhon fheagal cuideachd. A-nis, ge-tà, 's e leis fhèin, acrach agus ro theth ann an dorchadas ann an clais nan nàimhdean, is uimhir a dh'fhuil air a chogais, bha staccato nam brògan sin mar na buillean mu dheireadh dhe chridhe fhèin. Ghlacadh iad e, chitheadh iad dhaib' fhèin na rudan a rinn e, 's dheigheadh a chur gu bàs.

Ruith fallas sìos a ghruaidhean, 's bha a chorragan a' fàs geal 's grèim bàis aige air a dhà ghunna. Bha gu leòr aige an seo airson seachdnar a mharbhadh gu math luath. Nuair a choisicheadh iad seachad, dheigheadh e a-mach air an cùlaibh 's loisgeadh e. Theicheadh e an uair sin air ais an taobh sa, 's dh'fheumadh e feuchainn dhachaigh san spot. Right.

Cinnteach, a-rithist, anns a' phlana aige, laigh e air a chliathaich cho faisg 's a leigeadh e leis fhèin air beul na clais bhig. Bha na ceumannan na bu làidire a-nis, a' tighinn na b' fhaisge 's na b' fhaisge. 'S e an-còmhnaidh am feitheamh a bu mhiosa ann an suidheachadh mar sin. Dh'fhairicheadh e a bhàs, bha e cinnteach nach robh e fad' às a-nis, ach a-rithist bha comhartachd an sin. Aig a' char as lugha, bha e air beagan millidh a dhèanamh, agus aig a' char as miosa, bha e air grunn dhaoine òga, mar e fhèin, a mharbhadh. Bha sin pailteas do dh'aon ghille òg às Gàidhealtachd na h-Alba air a' chiad latha riamh a' sabaid gu ceart an aghaidh arm cho làidir seo.

Bho far an robh e na laighe, chunnaic e iomadach bròg dhubh a' dol seachad, gun chàil a dh'fhios aca gu robh esan an sin. Rinn e tomhas luath gu robh deichnear ann. B' e am feagal as motha a bh' air gun tigeadh cuid dhiubh suas a' chlais anns an robh e, ach cha tàinig. Ghabh iad seachad. Chùm e sùil orra. Lean iad seachad air na h-àitean eile far an robh e air a bhith. Cha robh iad air a thòir idir, cha robh iad ach a' gluasad gu pàirt eile dhen trainnse.

Laigh e airson mionaid neo dhà, air a dhruim air làr na trainnse. Taingeil a-rithist airson an dorchadais a bh' air a shàbhaladh. Bha a shlighe fosgailte a-rithist. Bhiodh e mu

aon uair deug a' nis. Nan deigheadh aige air cur às do
dh'aon machine gun eile, dh'fheuchadh e ri àite a lorg far an
deigheadh e a dh'fhalach gu 'n tuiteadh an oidhche, 's gu
faigheadh e cothrom tilleadh air ais gu loidhnichean Bhreat-
ainn.

Aon rud eile a bha cinnteach a-nis, cha robh na Breat-
annaich air smachd fhaighinn air an àite sa, mar a bha iad
an dòchas. Bha sin a' ciallachadh nach robh am batal air a
dhol idir mar a bha na h-urracha-mòra a' miannachadh.
Bha e fhathast an seo leis fhèin, 's cha robh cuideachadh
sam bith air fàire dha.

Sheas e, agus ghluais e a-mach a-rithist dhan t-solas. Bha
a' ghrian aig a h-àirde. Bha e faisg air meadhan an latha
ceart gu leòr. Bheireadh sin mu shia uairean a thìde dha.
Cha deach e ceud troigh, ge-tà, nuair a chuala e fuaim
chasan a-rithist. Bha iad air a chùlaibh an turas sa. Cha robh
ùine aige tilleadh chun fhasgaidh aige, 's cha robh càil a
dh'fhios aige dè a bha roimhe air an taobh seo dhen
trainnse. A rèir an fhuaim, ge-tà, cha robh uimhir dhiubh
ann an turas sa. Roghnaich e sabaid.

Ri thaobh bha post fiodha, pàirt dhen obair dion gus
cliathaich an tuill a chumail an-àird. Chuir e a ghualainn ris,
's chùm e am posta eadar fhèin 's an fheadhainn a bha a'
tighinn. Nuair a chuala e an guthan, thog e na gunnaichean
aige, fear anns gach làimh, 's thug e ceum cinnteach a-mach
am meadhan na trainnse.

Loisg e na gunnaichean. Chaidh seachd peilearan dhan
bhuidheann a bha a' tighinn dha ionnsaigh. Thuit ceathrar,
lotan domhainn mun aodainn, ach bha ceathrar eile ann. Le
èigh fheargach, thog iad an gunnaichean fhein. Loisg iad air
ais.

Ach bha Ruairidh air a chasan a thoirt leis. Ruith e na
dheann gus an do ràinig e fosgladh na h-ath chlais, suas
chun ath mhachine-gun. Chaidh e steach, 's suas gun deach
e gu far an robh, a-rithist, triùir nan seasamh, a' losgadh gun
abhsadh air na Tommies a bha fhathast a-muigh an sin.

Cha robh gunna aige a-nis a bha ag obair, ge-tà. Cha robh ùine aige stad gus a lìonadh le peilearan a bharrachd. 'S e dìreach aon chothrom a bh' aige, gum biodh an triùir cho trang a' sireadh thargaidean anns a' bhlàr is nach mothaicheadh iad dha. Dhèanadh a' bheugaileid an còrr. Bhiodh armachd aige an uair sin leis am b' urrainn dha feuchainn air an fheadhainn a bha a' tighinn air a chùlaibh.

Gu luath, ach gu math sàmhach, thàinig Ruairidh a-mach dhan èadhar aig an treasamh machine-gun dhen mhadainn.

Beag-fhaclair – Caibideil 12 – Duilgheadas

chrùb e   *he crouched*
na bha sin de shaighdearan   *that many soldiers*
a chruinneig fhèin   *of his own gun (sweetheart)*
bha an t-acras ga tholladh   *he was starving*
air fulang   *had suffered*
an dòlas àite seo   *this wretched place*
a' caismeachd   *marching*
a' greimeachadh air a chridhe   *taking hold of his heart*
air a chogais   *on his conscience*
dheigheadh a chur gu bàs   *he would be executed*
grèim bàis   *very tight grip*
air a chliathaich   *on his side*
pailteas   *plenty*
air a thòir   *after him*
nan deigheadh aige air   *if he could manage*
cur às do   *destroy, kill*
na h-urracha-mòra   *the top brass*
air fàire   *on the horizon*
bha a' ghrian aig a h-àirde   *the sun was at its height*
fasgadh   *shelter, hideout*
dè a bha roimhe   *what was ahead of him*
lotan domhainn   *deep wounds*
air a chasan a thoirt leis   *had run away*
na dheann   *at full speed*
suas gun deach e   *up he went*
gun abhsadh   *without let-up*
armachd   *weapon*

Caibideil 13

Geàrr-chunntas

Ruairidh takes another machine-gun out of the war, and, in spite of his position, gets some respite for the first time. But he decides not to wait for nightfall. He has succeeded in creating a sizeable hole in the German defences and so concludes that it's time to risk the journey back through the ooze.

Faochadh

Tharraing e anail gus e fhèin a shocrachadh, ach cha do stad e a ghluasad. Ann an tiotan bha e air cùlaibh an duine a bha a' losgadh a' ghunna. A-rithist, le na bha tighinn às de dh'fhuaim, cha chuala iad a' tighinn e. Chur e gob na beugaileid ann an druim a' chiad dhuine. Leig an duine sgread na amhaich, 's le sruth fala às a bheul, thuit e marbh. Mus d' fhuair an dàrna duine cothrom a ghunna fhèin a tharraing, bha Ruairidh air a' bheugaileid a chur tro amhaich. Thàinig an treas duine an uair sin timcheall a' ghunna mhòir 's leum e air Ruairidh, a' guidheachan, shaoil an Gàidheal, ann an deagh Ghearmailtis.

Chuir Ruairidh a dhòrn ri pheirceall 's a chas ann an stamaig an duine, 's roilig e dheth gu aon taobh. Gun atharrachadh na ghnùis neo na shùilean, thog e a' bheugaileid a bh' air tuiteam air, 's gheàrr e amhaich an duine.

A làmhan air an gànrachadh le fùil nam balach bochd sin, chaidh e timcheall agus thog e na gunnaichean aca. Chrùb e an uair sin air cùlaibh a' ghunna mhòir, 's fhios aige nach biodh aige ach mionaid, 's dòcha, gus an nochdadh an

ceathrar a bh' air a bhith an tòir air. Cha toireadh e fada
dhaibh smaoineachadh gur ann an seo a bha e – gu h-àraid
leis na bh' air a bhith ann de dh'èigheachd.

Chuala e faclan cabhagach, sàmhach. Bha na daoine a'
tighinn gu faiceallach suas a' chlais anns an robh e a-nis
a' feitheamh riutha. Na laighe air a mhionach aig casan a'
ghunna, bhiodh co-dhiù aon chothrom math aige fear
dhiubh a mharbhadh mus biodh e gu tur follaiseach
dhaibh caite an robh e. A' laighe an sin na ghunnaire,
dh'amais e gu mionaideach air a' chiad shaighdear a
thàinig dhan chlais.

BRAG.

Thuit an duine na chlod air làr na trainnse. Bha tuilleadh
èigheachd ann an uair sin, 's bha an triùir eile mòran nas
fhaiceallaiche nuair a thàinig iad dhan fhollais. Bha dà
ghunna air fhàgail aig Ruairidh a-nis anns an robh peilearan
deiseil gus falbh. Dh'èirich gille nan gleann gu ghlùinean
agus loisg e an dàrna gunna. Chaidh am peilear sa tro
amhaich fear dhe na Gearmailtich, 's bhuail e ann an
gualainn an fhir eile. Thuit a ghunna às a làimh. Dh'èirich
Ruairidh, aig àirde a-nis, 's loisg e air an duine mu dheir-
eadh. Dìreach eadar an dà shùil. Choisich e an uair sin chun
an duine a chàidh a leòn mu ghualainn, 's thug e bhuaithe
a bheatha leis a' bheugaileid fhuilteach a bha mu thràth air
uimhir a mhurt a dhèanamh an latha sin.

Bha e air chrith a-nis. Airson, 's dòcha, uair a thìde, cha
robh càil air a chumail a' dol ach an adreanailin a-mhàin.
Anns an trainnse sa mhadainn cha robh càil air a bhith air
aire ach faighinn air falbh. Rinn e co-dhùnadh an uair sin,
anns a' mhionaid fhuar sin aig toiseach latha an uilc, nach
cuireadh duine sam bith bhon taobh eile stad air. A-nis,
ge-tà, anns an t-solas, ann am meadhan an latha sin, an
cunnart air a mhùchadh an-dràsta, thàinig a h-uile càil sìos
air a mhuin. Cuin a bha e riamh ann an suidheachadh na bu
mhiosa na seo . . .? Air gach taobh dheth cha robh ach
fòirneart agus bàs. Bha a làmhan fhèin air cuid a thilgeil

bhon t-saoghal sa, chun na doimhneachd dhìomhair a bha ron a h-uile duine aca.

Ach, cuideachd, rud a bha neònach, dh'fhairich e faochadh. Air a cheann fhèin, bha e air cur às do thrì de ghunnaichean mòra, marbhtach na Gearmailt. Gun teagamh, bha e air cur às do mhòran shaighdearan a bha cho neoichiontach ris fhèin airson sin a dhèanamh, ach cia mheud beatha a shàbhail e . . .? Chaidh faireachdainn ùr tro chuislean. Faochadh. Bha e leis fhèin. Bha a dhruim ris a' bhlàr, 's bha gunnaichean 's peilearan aige ann am pailteas. 'S e fosgladh air leth cumhang a bh' ann dhan àite san robh e agus bhiodh e furasta a dhìon. Dè dh'fhaodadh e dhèanamh, ge-tà . . .?

Thàinig e thuige nach fhada a mhaireadh cùisean mar a bha iad. Chan fhada gus am biodh na Gearmailtich a' tighinn a dh'fhaicinn carson a bha an gunna na thàmh. Bha e air a bhith na bheachd feitheamh gus an tigeadh an oidhche. Ach, an seo, tràth air an fheasgar, bha deagh ghreis chun uair sin, agus cha robh àite sam bith sàbhailte dha aon uair 's gun deigheadh an clag a bhualadh, 's gum biodh fios cinnteach aca gu robh Tommy mu sgaoil anns na h-ionadan cogaidh aca.

A-nis, ge-tà, air sgàth na rinn e, bha briseadh mu mhìle a dh'fhaid ann an loidhne nan gunnaichean mòra Gearmailteach. Bha sin a' ciallachadh nach biodh peilearan a' frasadh air na Tommies bhon phàirt sa dhen t-Srath. Thionndaidh e, 's choimhead e a-mach a-rithist air Ifrinn. Air fàire, chitheadh e loidhnichean Bhreatainn, 's thàinig plana ùr thuige. Cha leigeadh e leas feitheamh air an dorchadas a-nis. Bha am pios beag bìodach sa dhen Somme a-nis co-dhiù rud beag nas sàbhailte.

Bha am faochadh a' còrdadh ris an-dràsta, ge-tà. Rùilich e timcheall air 's lorg e pacaid bhriosgaidean a bh' air a bhith aig na Gearmailtich air a' ghunna. Shuidh e air ais, a dhruim ri poca gainmhich. 'S e faireachdainn gu math 'àbhaisteach' a bh' ann. Cha robh mòran àbhaisteach mun an rud a bha

e a' dèanamh, ge-tà. Bha e na shuidhe an teis-meadhan a
nàimhdean, an teis-meadhan a' bhlàir a b' fhuiltiche dhen
chogadh gu lèir, ag ithe bhriosgaidean a bha, beagan
mhionaidean air ais, ann am bruadaran thriùir a bha
a-nis marbh air a sgàth-san.

Bha a thìde aige teicheadh. Rinn e gu leòr a chron 's a
mhath bho dh'fhalbh e suas an t-àradh na mallachd a bha
siud anns a' mhadainn. Nam faigheadh e air ais, bhiodh e,
bha làn-fhios aige, cha mhòr leis fhèin na iomairt.

Beag-fhaclair – Caibideil 13 – Faochadh

faochadh   *respite, relief*

a' guidheachan   *swearing*

air an gànrachadh   *in a mess*

chrùb   *crouched*

na chlod   *with a thud, in a heap*

dhan fhollais   *into sight*

gille nan gleann   *'the lad from the glens' (i.e. Ruairidh)*

an cunnart air a mhùchadh an-dràsta   *the danger suppressed for just now*

thàinig a h-uile càil sìos air a mhuin   *everything came down on top of him*

fòirneart agus bàs   *violence and death*

chun na doimhneachd dhìomhair a bha ron a h-uile duine aca   *to the mysterious depth that faced them all*

neoichiontach   *innocent*

deagh ghreis   *a good while*

na h-ionadan cogaidh aca   *war stations*

Ifrinn   *Hell*

àbhaisteach   *usual, ordinary*

a b' fhuiltiche   *the bloodiest*

bha a thìde aige teicheadh   *it was time for him to be off*

gu leòr a chron   *enough harm*

an t-àradh na mallachd   *that blasted ladder*

Caibideil 14

Geàrr-chunntas

It is a difficult journey back. Though it is only a relatively short distance across No Man's Land, it is fraught with danger. Ruairidh discovers this, and realises that the chances of getting across once, causing such damage as he did, and returning safely, are very slim indeed.

Tilleadh

Às dèidh 's dòcha cairteal na h-uarach de dh'fhois, anns an cuala e mòran ghuthan Gearmailteach a' dol seachad air beul na clais anns an robh e, bha Ruairidh air seatlaigeadh air a' cho-dhùnadh aige. Chuir e bhuaithe na briosgaidean agus na gunnaichean Gearmailteach. Chùm e an gunna aige fhèin agus an gunna-làimhe a bha e air a thoirt bhon oifigear òg. Bhiodh esan a' tighinn faisg air dùsgadh, shaoil Ruairidh. Gun teagamh, bha thìde aige a-nis a chasan a thoirt leis, air ais tarsainn No Man's Land, dhan 'dùthaich' aige fhèin.

Dh'èirich e air a shocair, gus am faiceadh e seachad air mullach a' mhachine-gun. Cha robh duine ri fhaicinn anns a' chlais. Cha robh iad air a lorg fhathast. Chrùb e a-rithist, agus, a' cumail a' ghunna eadar e fhèin agus beul na clais, dhìrich e suas air balla nam pocannan gainmhich. Mar sheilcheag, le a mhionach cho dlùth ri na pocannan 's a b' urrainn dha a bhith, shlìob e e fhèin thairis air a' bhalla. Land e air an taobh thall, air a cheann-dìreach. San spot, thàinig e gu a chasan, crùbte a-rithist. Thug e sùil aithghearr air gach taobh. Cha robh càil a' gluasad. Aon rud a bha follaiseach, ge-tà, 's e bàs. Anns a h-uile oisean air an do laigh a shùil, bha Tommies nan laighe, gun ghluasad, gun smuaintean, gun eòlas. Dìreach air beulaibh ionad a' ghunna, mu fhichead slat bho far an robh a chasan fhèin a-nise, bha triùir nan laighe air am beul fòdhpa anns a' pholl. Bha iad air a bhith cho faisg sin, cha mhòr am beul a' bhàis, mus do ruig e orra. Ach cha robh dol às aca. Bha a mheòirean fuara air an lorg, 's chan fhaigheadh iadsan dhachaigh a-chaoidh tuilleadh.

A-rithist, dh'fhairich Tormod an t-astar neònach sin eadar na bha a' tighinn a-steach tro dhà shùil agus am faireachdainn a bha a' boillsgeadh tro chuislean. Bha e duilich airsan nam balach sa. Air an làimh eile, cha robh e idir eòlach orra. Bha èideadh orra mar an t-èideadh a bh' air fhèin. B' e na h-aon ghunnaichean a bha a' laighe san eabar, a-nis gun fheum, 's a bha aige fhèin na ghrèim bàis. Ach cha b' aithne dha iad. Carson a bhiodh am beatha-san càil nas cudromaiche dha na beatha nan Gearmailteach òg a mharbh e fhèin bho chionn uair a thìde 's còrr . . .? 'S e firinn na cùise nach robh eadar-dhealachadh sam bith ann – co-dhiù ann an inntinn Ruairidh. Dh'fheumadh e an cumail aig astar mar sin, neo chan fhaigheadh e gu sìorraidh tuilleadh air ais dhan trainnse aige fhèin.

Ghuluais e a-mach. Bha aige ri bhith slaodach, ge-tà. A thuilleadh air tuill nam bomaichean a bha timcheall air anns a h-uile àite a laigheadh a chasan, cha mhòr, bha na cuirp. Cha robh e idir airson seasamh air duine. Dh'fheumadh e a bhith faiceallach, ge-tà. Bha fhios aige gu robh dìreach mu mhìle uile-gu-lèir air nach robh gunna mòr aig na Gearmailtich, 's cha b' urrainn dha a dhol uabhasach fada a-mach às an rathad ma bha e gu bhith sàbhailte.

'S ann air na ceistean sin a bha aire Thormoid nuair a chuala e guth. Airson a' chiad uair, cha mhòr, bho dh'fhàg e an trainnse aige fhèin air a' mhadainn chianail a bha seo, bha an guth a' bruidhinn ris ann am Beurla.

"Help me. They hit me in the leg, I can't move."

"Sssh," arsa Ruairidh, 's e a' crùbadh sìos ri taobh an duine. Bha fuil a' dòrtadh bho lot mòr uabhasach beagan os cionn a ghlùin air a chas cheart.

"I haven't seen anyone alive for hours. Three of them went tearing past me over an hour ago, screaming and shooting. I guess they probably bought it too. Thought I would too until the bloody gun stopped. Huh, huh, huh. I suppose they must have run out of bullets at last."

"That's not exactly it," thuirt Ruairidh ann an guth socair, "but they won't be shooting from that gun any more. Do you think you can walk at all . . .?"

"Arrghhh. No. I tried to stand a while ago when I figured that damned gun had stopped. I passed out, though. Thought you was a dream when I saw you at first."

"Listen, you have to keep your voice down. We're only a couple of hundred feet from their line. If you can't walk, there isn't a lot I can do. I'm on my way back to our side – I'll send them back for you when it's safe. Here."

Reub e dheth gàirdean a lèine, 's cheangail e e timcheall cas a' bhalaich, os cionn an loit.

"Thank you. I hope you bloody make it. Not many have. I'd three mates come over the top with me this morning, but I lost them in the smoke. Huh. I was doing ok, I reckon, until that bloody hole appeared in my leg. Get the hell out of here while you can, but send them for me."

"I will. Don't worry." Leis a sin, dh'fhalbh e a-rithist. Cha deach e ach fichead slat, ge-tà, nuair a dh'fhairich e gaoth a' pheileir. Thilg e e fhèin air a dhruim-dìreach gus am faiceadh e dè bha tighinn air a' chùlaibh. Dithis shaighdear Gearmailteach a' dèanamh air. Feumaidh gu robh cuid aca co-dhiù air deagh thomhas a dhèanamh air an rud a bha e a' feuchainn ri dhèanamh. Fo anail, rinn e guidheachan, 's tharraing e am piostal. Gu cùramach, loisg e. Thuit aona Ghearmailteach san spot. Bha an duine eile a' tighinn fhathast, ge-tà. Thog e a ghunna gu shùil agus loisg e.

Chunnaic Ruairidh am boillsgeadh aig beul a' ghunna

eile. An ath rud, bha cuideigin air sgian teine a chur tro ghàirdean. Cha do dh'fhairich e riamh càil coltach ris. Chaidh a thilgeil air a dhruim. Gu h-obann, chur e an gunna na làimh eile 's loisg e na bh' air fhàgail ann. Thogadh an Gearmailteach far a chasan, 's chaidh e marbh a pholl na Somme.

Bha Ruairidh air a leòn gu dona, ge-tà. Seo a' chiad uair riamh a chaidh losgadh air is a bhualadh. Gu cinnteach, bha e fortanach a bhith beò fhathast, ach bha an cràdh cho dona 's gu robh e a' call a fhradhairc. Chuir e roimhe fhèin seasamh agus dèanamh às cho luath 's a bheireadh a chasan e, air ais dhan trainnse Bhreatannach.

Nuair a ràinig e a' uèar bhiorach a-rithist, chaidh tàmailt nas teotha na pian a' pheileir troimhe. 'S gann gu robh duine a' feitheamh ris. Càite an robh iad uile . . .? Cha robh duine aca air a bhith ann an claisean uabhasach na Gearmailt . . . cha robh duine aca ann an clais uaigneach nam Breatannach. Bha iad uile, thuig e, ann an clais uaigneach a' bhlàir. Na claisean a chaidh seachad air gun mhothachadh, 's a shùil air a bhith dìreach air an loidhne ana-dhiadhaidh air a bheulaibh, a cheann a' greimeachadh air aon fhacal: tilleadh.

Beag-fhaclair – Caibideil 14 – Tilleadh

cairteal na h-uarach de dh'fhois   *a quarter of an hour's respite/rest*
mar sheilcheag   *like a snail*
land e   *he landed*
air am beul fòdhpa anns a' pholl   *face down in the mud*
am beul a' bhàis   *in the jaws of death*
an t-astar neònach sin   *that strange divide/gap*
a' boillsgeadh tro chuislean   *shining through his veins*
èideadh   *uniform*
san eabar   *in the mud*
lot   *wound*
reub e dheth gàirdean a lèine   *he tore off the sleeve of his shirt*
air deagh thomhas a dhèanamh   *had made a good guess*
guidheachan   *swearing*
am boillsgeadh aig beul a' ghunna   *the flash from the mouth of the gun*
chaidh losgadh air is a bhualadh   *he was fired at and hit*
dèanamh às cho luath 's a bheireadh a chasan e   *make off as fast as his legs would carry him*
tàmailt   *intense disappointment, anger, shame*
uaigneach   *lonely, desolate*
a' greimeachadh air   *latching on to*

Caibideil 15

Geàrr-chunntas

Injured and alone, Ruairidh flings himself across the parapet and back into the British trench. He is met by a medical team, who treat his wounded arm in the most basic way before sending him back from the front line to a hospital unit some miles away.

Cobhair

Cha do bhodraig e feuchainn a dhol air a shocair a-steach dhan trainnse, mar a chaidh e air a shocair a-mach à taobh na Gearmailte. Bha a' uèar bhiorach, a bh' air a sguabadh às an rathad airson an leigeil air falbh anns a' mhadainn, air ais na h-àite. Thilg e e fhèin seachad oirre. Thuit e le clod a-steach dhan trainnse aige fhèin a-rithist. Mu dheireadh thall, bha e sàbhailte.

San spot, thàinig triùir dha ionnsaigh le bogsaichean cobhair. Leig Ruairidh èigh aithghearr nuair a dhòirt iad iodine air an lot.

"GONADH OIRBH! Arrrrggghhh."

Bhìd e fhiaclan ri chèile cho teann 's a b' urrainn dha, gus an robh a cheann goirt leis. Thug fear dha botal uisge-beatha, agus shluig e leth dhen bhotal san spot. Thòisich e a' call a lùiths. Chuala e fear dhe na balaich a bha a' toirt cobhair dha ag ràdh gu feumadh iad a chur air bòrd 's a thoirt air ais air cùlaibh na loidhne dhan an ospadal.

Aon uair 's gu robh an deoch-làidir air am pian na ghàirdean a mhùchadh, ge-tà, chaidh aig Ruairidh air coiseachd. Chaidh e còmhla ri gille eile bhon Regimental

Aid Post air ais sìos an trainnse às an tàinig e a liuthad
siud a dh'uairean a thìde air ais. Do Ruairidh, bha e mar
gu robh làithean mòra air a dhol seachad bhon uair sin.
A-nis, agus e a' coiseachd (gu cugallach) còmhla ris an
duine a bha a' cumail taic ris le ghàirdean, thòisich a
chuimhne a' gluasad thairis air na bh' air tachairt dha tron
an latha. Nas motha na sin, ge-tà, thàinig ceistean mòra
thuige mu Eachann agus Tormod. Bha iad air a bhith air
thoiseach air agus air a chùlaibh nuair a dh'fhalbh e fhèin
sa mhadainn. Cha robh iad anns an trainnse a-nis, ge-tà.
Co-dhiù, chan fhaca e iad nuair a chaidh e seachad air a'
phàirt san robh iad air a bhith fuireach bho chionn
mhìosan. Ann an sùil eanchainn chunnaic e iad le chèile,
a' gàireachdaich 's iad a' tilleadh, gun fiù 's lot orra, air ais
dhan trainnse airson drama.

Ann an cùl eanchainn, ge-tà, bha fhios aige nach robh sin
a' dol a thachairt. Na chridhe agus domhainn na anam 's na
aigne, bha fhios aige nach tigeadh iad gu sìorraidh còmhla
ris tuilleadh, airson drama.

Nuair a thàinig e thuige fhèin a-rithist chunnaic e gu robh
e ann an tè dhe na claisean conaltraidh a' dol air ais bho
aghaidh a' bhlàir gu far an robh na h-ospadail agus àrd-
oifisean nan urracha-mòra. Gann gum b' urrainn dha aon
chas a chur air beulaibh na coise eile a-nis le na bha e air òl
cho luath.

Feumaidh gu robh grunn uairean a thìde a bharrachd air
a dhol seachad nuair a dhùisg e . . . co-dhiù, bha dorchadas
air a thighinn air saoghal nan uinneag. Shuidh e suas anns
an leabaidh. Sin a dhùisg e. Bha bobhstair fodha, rud nach
do dh'fhairich a dhruim airson mhìosan mòra. Bha e garbh
mì-chomhartail. Sòbarra 's gu robh e a-nis, cha robh am
pian na ghàirdean cho dona 's a bha e smaoineachadh a bha
còir aige a bhith. Bha bandage ceart air a-nis, agus bha iad
air an iodine a ghlanadh dheth – cha robh am fàileadh cho
làidir. Ri thaobh, air bòrd beag ri oir na leapa, bha leabhar –
Bìoball a bh' ann. Air a mhuin bha glainne bùirn. Airson a'

chiad uair air an latha uabhasach a bha sin, thug Ruairidh feart air an tart uabhasach a bh' air a bhilean agus air a theanga. Thog e a' ghlainne 's ghabh e balgam. Ghabh e balgam eile. Mu dheireadh, dhòirt e a' ghlainne gu lèir sios amhaich. Fhuair e faochadh. Tharraing e anail dhomhainn, shocair agus laigh e sìos a-rithist air a' chluasag.

An ceann greis, 's inntinn falamh, chunnaic e gu robh còig leapannan eile san t-seòmar mhòr anns an robh e. Bha trì ri gach balla, e fhèin anns a' mheadhan air aon bhalla, le leabaidh air gach taobh dheth agus uinneag mhòr os a chionn. Bha uinneag mhòr eile air a' bhalla mu choinneamh. Tron a sin, bha na reultan agus a' ghealach a' priobadh sìos orra. Bha càch nan cadal fhathast. Cha robh ach Ruairidh na dhùisg, 's cha robh e a' faireachdainn faisg sam bith air tuiteam na chadal a-rithist. Chuir e a chasan a-mach às an leabaidh air an làr fhuar.

Anns an spot, cha mhòr, bha dithis nursaichean ri thaobh, ag ràdh nach robh còir aige a bhith ag èirigh. Nach robh iad cinnteach fhathast co-dhiù a chumadh e a ghàirdean, gu robh dotair a' tighinn sa mhadainn a thoirt sùil air, 's gur math dh'fhaodte gu feumadh iad a ghearradh dheth aig an uilinn. Leis a sin, 's gun chothrom sam bith aige fhèin am freagairt, sguab iad a chasan air ais fo na plaidichean 's chuir iad cungaidh làidir air choreigin na amhaich a thug air a dhol air ais a chadal.

'S e droch chadal a bh' ann, ge-tà. Mì-nàdarra. Tro aislingean oillteil bha buidhnean mòra de Ghearmailtich ga ruith thairis air No Man's Land far an robh Tommies leis a h-uile seòrsa loit air an smaoinicheadh tu ag iarraidh taic air. Gheall e taic dhaibh, ach bha uiread a chabhaig air bho na gunnairean olc a bha an tòir air 's nach b'urrainn dha stad. An ath rud bha Tormod agus Eachann anns an rathad air. Bha iad ag innse dha nach fhaigheadh e seachad. Nach fhaigheadh e dhachaigh gus an toireadh e taic dhaibh. Dh'fhaighneachd e dhaibh am b' urrainn dhaibh coiseachd. Nuair a thuirt iad ris nach b' urrainn, rinn e snodha-gàire, 's thionndaidh e a chùl riutha. Aghaidh ri na Gearmailtich a-nis, rinn e gàire eile 's mhurt iad e le mìle peilear bho machine-guns a bha briste.

Dhùisg e le fallas a' drùdhadh far a logaidh. Thug e slaic air a' chluasag le dhòrn. Thionndaidh e air a chliathaich agus laigh e sìos a-rithist, feuch am faigheadh e beagan fois agus cadail.

Ach cha d' fhuair.

Beag-fhaclair – Caibideil 15 – Tilleadh

cha do bhodraig e   *he didn't bother*
le clod   *with a thud*
le bogsaichean cobhair   *first aid boxes*
shluig e   *he swallowed*
chaidh aig Ruairidh air coiseachd   *Ruairidh managed to walk*
a liuthad uair a thìde air ais   *so many hours ago*
gu cugallach   *shakily*
na anam 's na aigne   *in his soul and spirit*
claisean conaltraidh   *communication trenches*
àrd-oifisean nan urracha-mòra   *the high command's headquarters*
gann gum b' urrainn dha   *he could scarcely*
bobhstair   *mattress*
garbh mì-chomhartail   *extremely uncomfortable*
thug Ruairidh feart air   *he gave in to*
tart uabhasach   *dreadful thirst*
faochadh   *relief*
fo na plaidichean   *under the blankets*
cungaidh   *medication, ointment*
oillteil   *terrible*
le fallas a' drùdhadh far a logaidh   *sweat dripping from his forelock/hair*
thug e slaic air a' chluasag le dhòrn   *he punched the pillow with his fist*

Caibideil 16

Geàrr-chunntas

Ruairidh watches as soldier upon soldier is brought into the hospital – some more severely wounded than others. He searches in vain for his missing friends, as he has had no word of them at all. But he longs for his freedom and particularly wishes to return home, as he feels his injury precludes him from taking too much more of a part in the war effort.

Fadachd

Airson trì latha bha e na laighe san t-seòmar sin. Gach latha bhàsaich cuideigin. A' bhòn-dè chaochail triùir anns a' mhadainn. A h-uile turas a thachradh e, ge-tà, 's a dh'eug-adh fear de ghaisgich eile na Somme, bha an-còmhnaidh cuideigin ann a dheigheadh na àite. Bha Ruairidh a' cumail sùil orra uile, an fheadhainn ùra sin.

Seach nach robh an lot na ghàirdean buileach dona, fhuair e cead air a' cheathramh latha aige a dhol cuairt timcheall an ospadail. Chan e gu robh cus ri fhaicinn. Balaich ghrinn air leapannan no bobhstairean, 's iad gann de chas, gàirdean, sròn neo sùil. Ann an cuid dhe na seòmraichean anns an do choimhead e, bha daoine a bha air an ciall a chall. Shell Shock. 'S e rud iargalta a bha sin. Fireannaich chalma nan laighe air an làr, gàirdeanan mun cinn 's iad a' gabhail fasgadh bho na taibhsean garbh nan eanchainn.

Air a h-uile gnùis do Ruairidh bha aghaidh a dhithis charaid. Ged a dh'fhaighneachd e a h-uile uair a thìde dha na banaltraman an robh sgeul acasan air Tormod neo Eachann, b' e an aon fhreagairt a fhuair e air ais – cha robh. Chan fhacas iad, 's cha chualas guth bhuapa. A dh'aindeoin seo, dh'fhalbh Ruairidh a h-uile latha a-mach feadh an ospadail gun fhios nach robh iad ann. 'S dòcha gum biodh Tormod air a chas a chall. Cha chòrdadh sin ris, ach bhiodh e beò, 's dh'fhosgladh iad crogain leann, neo botal ruma, fiù 's mac-na-braiche ma bha am fortan sin aca a-rithist. Cha robh ann do ghaisgeach nan trainnsichean, ge-tà, ach briseadh-dùil.

Bha fadachd air. Cha robh fhios aige buileach carson, agus shuidh e ann an cathair fhiodh ann an lobaidh an togalaich, far an robh gathan grèine a' soillseadh ballachan uaigneach an ospadail. Tha fhios gu robh fadachd air a dhithis charaid fhaicinn. Am badeigin air cùlaibh ìnntinn, bha dùil aige riutha tron an doras cha mhòr a h-uile mionaid. Am badeigin eile nas treasa, ge-tà, bha fhios aige nach fhaiceadh e iad a-chaoidh tuilleadh. Gum biodh e gan caoidh a-chaoidh tuilleadh. 'S nuair a bhiodh 'a-chaoidh' seachad, cha thilleadh iad. Fiù 's an uair sin, aig deireadh chùisean. Cha robh an smuain dhòrainneach sin, ge-tà, làidir gu leòr gus an dòchas a bha na chridhe a mhùchadh gu tur.

Bha fadachd air cuideachd gus faighinn a-mach à seo. Shaoil e nach robh e air a leòn cho dona sin. Cha thogadh e gunna airson mìosan mòra fhathast, bha fhios aige air a sin. Ach bha an èadhear cho tiugh, 's cho salach, a-staigh san togalach às dèidh mhìosan mòra de bhith beò air an t-sitig, 's gu robh e doirbh dha aig amannan anail a tharraing. Bha e ag iarraidh a shaorsa air ais.

Gu ìre, shaoil e, bha fadachd air tilleadh gu raon a' bhlàir. Chan ann a-mhàin gus feuchainn ri Tormod 's Eachann a lorg, ach gus leantainn air leis an rud a thòisich e. Bha e air obair mhòr a dhèanamh air taobh thall No Man's Land, cha robh teagamh mun an sin, 's bha e air moladh mòr fhaighinn air a shon, 's gealltanas air bonn snasail airson a shaothair. Ge-tà, bha a ghàirdean air a mhilleadh, 's cha bhiodh e gu feum sam bith ann an suidheachadh mar sin airson deagh ghreis fhathast.

A bharrachd air dad sam bith eile, ge-tà, bha fadachd air gus faighinn dhachaigh. Cha robh an iomairt seo air a thighinn faisg air an rud a chaidh a ghealltainn dhaibh. Bha còir aig a' bhlàr anns an robh e an sàs dìreach beagan làithean air ais a bhith air buaidh a' chogaidh a thoirt do Bhreatainn. A-nis, ge-tà, le bhith bruidhinn ri càch 's ag èisteachd ri bloighean chòmhraidhean an siud 's an seo, bha e a' sìor fhàs soilleir nach robh buaidh sam bith ann. Cha d' fhuaireas ach murt 's marbhadh, buaireadh, bàs agus brùidealachd. A bharrachd air rud sam bith eile, bha e airson cùl a chur ris an eabar, ri na pocannan gainmhich, ri na peilearan agus na bomaichean. Cha robh e airson àradh fhaicinn tuilleadh, neo machine-gun, èideadh Gearmailteach – neo gu dearbha èideadh nan Tommies. Bha e ag iarraidh a leabaidh fhèin, na thaigh fhèin, na bhaile fhèin, na dhùthaich fhèin. Cha robh e tuilleadh airson dùsgadh le uisge a' dòrtadh às na speuran air a mhuin, 's e a' cumail faire air loidhne de dhaoine do-fhaicsinneach air taobh thall nam bioran 's nam mèinnean talmhainn. Bha fadachd air airson a chàirdean agus luchd a ghaoil.

Deòir na shùilean le na cuimhneachain sin uile a' taomadh tro chuislean mar puinnsean, sheas Ruairidh 's dh'fhalbh e an tòir air oifigear. Bha e a' dol a dh'iarraidh dhachaigh. Co-dhiù gu 'n deigheadh a ghàirdean am feabhas. Dè a b' urrainn dhaibh a ràdh . . .? 'S e gaisgeach a bh' ann, 's dhèanadh e soilleir dhaibh gu robh e tuilleadh 's deònach tilleadh latha brèagha air choreigin, nach robh e gu cus feum do dhuine mar a bha e an-dràsta.

Am meadhan an fheasgair lorg e Còirnealair a bha a' faighinn cobhair airson gàirdean briste. Bha an duine air sgeulachd Ruairidh a chluinntinn – a rèir choltais, bha an sgeulachd aig Ruairidh air a dhol na h-ùr-sgeul am measg nan saighdearan. Balach à gleanntan na Gàidhealtachd a

fhuair gu na Gearmailtich, a rinn uimhir a mhilleadh, 's a
thill dhachaigh, cha mhòr gun lot. Gheall an Còirnealair na
b' urrainn dha a dhèanamh airson àm fois fhaighinn do
Ruairidh air ais aig an taigh.

Thug e taing dhan duine, rug e air làimh air, agus thill e
chun an sgrùdaidh làitheil aige. 'S dòcha gu robh iad air a
thighinn a-steach a-nis . . .

Beag-fhaclair – Caibideil 16 – Fadachd

dh'eugadh   *would die*

a bh' air an ciall a chall   *who had lost their minds*

rud iargalta   *horrific thing*

calma   *brave, strong*

a' gabhail fasgadh bho na taibhsean garbh   *taking refuge from the awful ghosts*

air a h-uile gnùis do Ruairidh bha aghaidh a dhithis charaid   *on each face Ruairidh saw his two friends' faces*

chan fhacas iad, 's cha chualas guth bhuapa   *they hadn't been seen or heard from*

crogain leann   *jars/bottles of beer*

fadachd   *longing, nostalgia, impatience*

caoidh   *grief*

an smuain dhòrainneach sin   *that sad thought*

a mhùchadh gu tur   *to wipe out completely*

air an t-sitig   *outside*

bonn snasail   *a beautiful medal*

airson a shaothair   *for his contribution*

airson deagh ghreis fhathast   *for a good while yet*

an iomairt seo   *this campaign*

bloighean chòmhraidhean   *partially overheard conversations*

a' cumail faire   *keeping watch*

daoine do-fhaicsinneach   *unseen men*

a' taomadh tro chuislean mar puinnsean   *pouring through his veins like poison*

gu 'n deigheadh a ghàirdean am feabhas   *until his arm healed*

ùr-sgeul   *a legend*

cobhair   *treatment*

chun an sgrùdaidh làitheil aige   *to his daily search*

Caibideil 17

Geàrr-chunntas

His war days are coming to an end now and Ruairidh finds himself on a train from Amiens to Etaples – the main British base in France, and site of the largest field hospital in the British Army. Here his wound is examined, and it is decided to send him home for three months' convalescence.

Etaples

An ath latha, bha Ruairidh còmhla ri mòran shaighdearan eile air an slighe a dh'Amiens. Bha treàna an sin a bheireadh gu tuath iad. A' feitheamh orra, aig baile Etaples, faisg air Calais, bha campa nam feachdan Breatannach.

B' ann an seo a stèidhich Arm Bhreatainn am prìomh champa cogaidh aca. Bha e faisg air a' chosta, agus furasta, mar sin, faighinn thuige à Breatainn. Às a seo chaidh saighdearan agus bathar a sgaoileadh air feadh na h-Aghaidh an Iar. B' e cuideachd am prìomh ionad ospadail do shaighdearan a chaidh a leòn anns a' bhlàr. Seach gu robh an t-ospadal a b' fhaisge air a' bhlàr air an Somme fhathast a' cur thairis le daoine òga a bh' air an ùr-leòn anns a' bhlàr fhuilteach, leantainneach an sin, chaidh Ruairidh agus balaich san aon shuidheachadh ris a ghluasad a dh'Etaples. Do Ruairidh, 's e ceum a bh' ann air a shlighe dhachaigh.

Bha an Còirnealair air a ghealltanas a choileanadh. Fhuair Ruairidh fios goirid às dèidh dha bruidhinn ris an duine gu robh e a' dol a dh'fhaighinn cead a dhol dhachaigh. Bha aige ri dhol tro Etaples airson sgrùdadh meidigeach an sin, 's nan dearbhadh sin nach robh e fiot cumail air a' sabaid, gheibheadh e dhachaigh a Bhreatainn san spot. Ach bha fhathast cothrom aca fios a chur air a-rithist tilleadh dhan a' bhlàr nuair a bha a ghàirdean na b' fheàrr.

Sin, ma-tha, a dh'fhàg e, air madainn shoilleir Fhrangach, a' glagadaich tron dùthaich ann an treàna a bha loma-làn de dhaoine tinn agus feadhainn a bha ciorramach. Bha inntinn trom a' mhadainn sin. Cha robh roghainn aige tuilleadh ach gabhail ris gu robh Eachann agus Tormod caillte. Bha deòir na shùilean a-rithist is e a' smaoineachadh air cho fortanach 's a bha e, 's cho garbh mì-fhortanach 's a bha iadsan. Rinn e gàire nuair a smaoinich e air dè a chanadh iad nan robh fios aca gu robh esan a-nis air a shlighe dhachaigh às an aonais. Dheigheadh a chàineadh gu salach le Tormod, ach bhiodh Eachann deònach gabhail ris – bhiodh e dhen a' bheachd gu robh Ruairidh, a bharrachd air duine sam bith eile air feadh an Airm, 's dòcha, airidh air fois agus sàmhchair.

Chrath e a cheann 's thog e a shùilean a choimhead air an t-sluagh a bh' air an treàna seo còmhla ris a-nis. Thionndaidh e 's chunnaic e gu robh grunn math dhe na gillean an seo air an droch leòn. Bha mòran le fùil a' dòrtadh tro na bannan a bha a' cuartachadh an cinn. Air aon bhalach bochd bha pollag fala a' cruinneachadh na uchd, 's e follaiseach nach robh càil a dh'fhios aige gu robh sruth a' tighinn às a' bhann a bha timcheall a shùilean. Shaoil e gur dòcha gu robh an duine air a dhà shùil a chall. 'S e an rud nach e a bu mhiosa a bha fulang.

Ach cha robh càil a b' urrainn do Ruairidh a dhèanamh dhaibh, 's thill e gu na smuaintean aige fhèin. Am bàrr air a h-uile càil eile a thàinig thuige air an treàna sin gu tuath, bha an aon smuain chinnteach a bh' air a bhith aige bho chionn fhada – sin gu robh e, mu dheireadh thall, a' dol dhachaigh. Chan e sin a-mhàin ach bha e a' dol dhachaigh na shlàinte. Cha robh Shell Shock air, cha do chaill e ball-bodhaig sam bith agus bha e, a dh'aindeoin a h-uile h-oidhirp, fhathast

beò. 'S e mìorbhail a bh' ann. Gu dearbha, bha cunnart ann
gu feumadh e tilleadh. Bha fhios aige, ge-tà, gum biodh e
deiseil 's deònach sin a dhèanamh. Bha e earbsach nach
robh a dhìth air ach mìos neo dhà gu 'n slànaicheadh e, 's
bhiodh e ullaichte a-rithist a dhol an tòir air na Gearmail-
tich, 's buille a thoirt, aon uair eile, dhan a' Khaiser.

Nuair a ràinig iad Etaples, bha geàrd anns an stèisean
a' dèanamh cinnteach gun d' fhuair an fheadhainn a b'
fheumaile a' chobhair a bha a dhìth orra cho luath 's a b'
urrainn. Sheall Ruairidh dhaibh na pàipearan a chaidh a
thoirt dha ann an Amiens, agus dh'fhalbh saighdear òg eile
leis a dh'fhaicinn fear dhe na dotairean anns a' champa.

"Dè an t-ainm a thoirt . . .?

"Ruairidh, sir. Eh, Roddy, sir. Roddy Morrison. Private
Roddy Morrison."

"How did you injure your arm, Private Morrison . . .?"

"Took a bullet, sir, returning to my trench on July 1st."

"It's been tended . . .?"

"Yes, sir."

"Painful . . .?"

"Not so much now, sir. It comes and goes, but as long as I
keep it still, I find it doesn't bother me too much."

"Can you hold a rifle . . .?"

"Haven't tried since the injury, sir."

"I see. Well, from the look of it, there's some considerable
muscle damage, though you seem to have been fortunate
enough to avoid breaking the bone. Bullet makes a pretty
good mess of bone, Private Morrison. It will take a few
months of convalescence and light activity to get the
strength back in that arm. Take three months' convalescent
leave. Send the next man in when you leave."

Leis a sin, thug e pìos pàipeir do Ruairidh, a dh'fhalbh
a-mach às an teanta cho luath 's a b' urrainn dha. A rèir na
bileig, bha aige ri bhith ann an Calais an làrna-mhàireach
airson am bàta fhaighinn dhachaigh. Aon uair 's gu robh e
air ais ann an Lunnainn, bhiodh a shaorsa aige, 's cha

bhiodh e ach turas treàna (fada, gun teagamh) bhon taigh. Le sunnd na chridhe, dh'fhalbh e a-mach dhan bhaile mhòr a bha an t-Arm air a thogail ann am baile beag Etaples ach am faigheadh e a-mach cà robh còir aige cadal air an oidhche mu dheireadh aige san Fhraing.

Beag-fhaclair – Caibideil 17 – Etaples

nam feachdan Breatannach   *of the British forces*
bathar   *goods, equipment*
an Aghaidh an Iar   *the Western Front*
am prìomh ionad ospadail   *the main hospital unit*
a' cur thairis   *overflowing*
a bh' air an ùr-leòn   *who were newly wounded*
air a ghealltanas a choileanadh   *had kept his promise*
fiot cumail air   *fit to continue*
a' glagadaich   *rattling*
cho garbh mì-fhortanach   *so very unfortunate*
às an aonais   *without them*
bannan   *bandages*
pollag fala   *a pool of blood*
fulang   *suffering*
ball-bodhaig   *limb*
mìorbhail   *miracle*
earbsach   *confident, sure*
a dhol an tòir air na Gearmailtich   *to go after the Germans*
a b' fheumaile   *most needy*
an làrna-mhàireach   *the next day*

Caibideil 18

Geàrr-chunntas

A boat trip across the English Channel and a train to London are Ruairidh's final interaction with the military. He spends the evening in the company of other soldiers and in the morning boards a train for the Highlands.

Deireadh

Bha am bàta loma-làn. Feumaidh gu robh na ceudan de shaighdearan a' faighinn dhachaigh tràth bhon a' chogadh. Bha iad uile ag innse nan aon seòrsa sgeulachdan – batail bhrùideil anns an robh cuirp air an reubadh às a chèile air gach taobh. Thuirt aon bhalach gu faca e an ceann a' tighinn far duine a fhuair peilear na amhaich bho mhachine-gun.

Chrath Ruairidh a cheann, sheas e, agus dh'fhàg e na gillean an sin, 's iad a' feuchainn ris a' chùis a dhèanamh air a chèile le brùidealachd an cuid sgeulachdan. Bha e an ire mhath cinnteach gu robh co-dhiù feadhainn aca ag innse bhreugan – ged a bha an àireamh sin nas lugha na dh'iarradh e.

Air an deic, bha Tommies anns a h-uile àite, a' gàir-eachdainn 's a' cleasachd le cridheachan aotrom. Bha Ruairidh e fhèin sunndach, làn àigheir. Cha robh e gu diofar carson a bha e air a' bhàta seo, cha robh e gu diofar gu robh cridhe na h-Eòrpa ga bhriseadh beagan cheudan mìle air falbh. Cha robh e gu diofar fiù 's gu robh a dhithis charaid as fheàrr nan laighe marbh sa pholl. Bha esan an-diugh beò, còmhla ri na balaich eile seo. Bha a' ghrian a' deàrrsadh air muir ciùin agus cha robh nì air thalamh a' tighinn nan rathad. 'S e pàrtaidh taingealachaidh a bha san turas sin thar Caolas Shasainn. Pàrtaidh dha na beò. Bhiodh caoidh agus laoidhean gu leòr ann dhaibhsan a thuit 's nach èireadh. Cha bhitheadh an-diugh, ge-tà. An-diugh, bha iad uile taingeil.

Bha Lunnainn a' taomadh le daoine, mar a bha dùil aca uile gum bitheadh. Choinnich na ceudan de dhaoine riutha aig an stèisean. Fhuair mòran dhe na balaich an ciad sealladh ann am bliadhnaichean air leannan, neo màthair, bràthair neo athair. Cha robh duine ann mu choinneamh Ruairidh, ge-tà. Bha fhios aige nach bitheadh – 's e astar mòr a bh' ann dha theaghlach a thighinn a Lunnainn à taobh siar na Gàidhealtachd. Rinn e a shlighe gu socair, sèimh gu bogsa nan tiogaidean, 's dh'iarr e tiogaid a dh'Inbhir Nis. Fhuair e sin. Bha an treàna a' fàgail Lunnainn aig ochd uairean an ath mhadainn.

Chuir e seachad oidhche bhlàth, chàirdeil ann an taigh-seinnse còmhla ri saighdearan eile a bha a' tighinn dha-chaigh, neo a bha an impis falbh dhan Fhraing. Dha na daoine sin, bha comhairle – cuid dhith, fiù 's, a bhiodh feumail. Bha mòran dhith faoin, ge-tà, 's na h-eòlaichean, an fheadhainn a bha thall 's a chunnaic, a' magadh air na balaich òga. Ged nach robh iad fhèin mòran na bu shine. Aig deireadh na h-oidhche, cha robh na balaich òga sin càil na bu shoilleire air a' chruadal agus air an dòrainn a bha a' feitheamh orra air taobh thall a' Chaolais.

'S e faochadh a bh' ann nuair a dhùisg e an ath latha, 's a chaidh e a rùrach dhan a' mhàileid aige a lorg a chuid aodaich. Cha leigeadh e a leas an t-èideadh airm a chur air an-diugh. Airson trì mìosan, anns an t-seagh a b' oifigeile, cha b' e saighdear a bh' ann. Cha robh ann a-rithist ach Ruairidh Aonghais 'Ain Bhàin, cìobaire à Gleann Seile. Thog e a-mach cuideachd crogan leann a bha cuideigin air a' bhàta air a thoirt dha. Rinn e gàire, 's thilg e air ais dhan mhàileid e. Cha robh pathadh air an-dràsta, ach bha e gu math cinnteach gum bitheadh uaireigin. Thog e am baga an uair sin, 's chuir e a chùl ri Lunnainn.

An taca ris an treàna tron Fhraing an latha eile, agus am bàta an-dè, bha an treàna air ais chun na Gàidhealtachd gu math na bu shàmhaiche. Bha i trang a' fàgail Lunnainn, ach dh'fhalbh tòrr dhaoine eadar Leeds agus an Caisteal Nuadh, 's ann an Dùn Èideann. Thàinig e a-steach air, 's e air starsaich a' chadail am badeigin tuath air Leeds, cho àbhaisteach 's a bha seo. Cha robh dhàsan, cha robh treànaichean cho pailt sin ann an Gleann Seile, ach do mhòran, 's e rud gu tur àbhaisteach a bh' ann an turas treàna. Thàinig daoine, 's dh'fhalbh daoine eile, 's cha robh aon seach aon aca ag aithneachadh gu robh, na theis-meadhan, fear a bh' air sgrios a dhèanamh le a dhà làimh fhèin, air cuid dhen uidheamachd bàis bu mhiosa a bha riamh ann. Shaoil Ruairidh gu robh e uabhasach gu robh esan cho cleachdte ri ìre de dh'fhòirneart a bhiodh gu tur borb do dhaoine mar seo. Air an dàrna làimh chlisg e na bhroinn fhèin gun tàinig a bheatha chun na h-ìre sin, 's ghabh e feagal bho na rudan a b' urrainn dha a ràdh le cinnt a-nis a bha e fhèin air a dhèanamh. Air an làimh eile, ge-tà, gu dè a bh' air cùlaibh nan gnìomhan murtail a bha sin, ach a bhith a' feuchainn ri dhèanamh cinnteach nach leigeadh daoine snog, àbhaisteach mar sin a leas a-chaoidh a bhith smaoineachadh air a leithid. Nach b' ann airson sin a chaidh e fhèin agus Eachann agus Tormod còmhla an ainm an Rìgh a dh'eabar na Frainge? Nach ann leis an fheallsanachd chinnteach a bha sin a' lìonadh an eanchainn a thuit an dithis ghaisgeach ud anns an dearbh eabar?

Bha an treàna ann an Inbhir Nis nuair a dhùisg Ruairidh. Thog e a bhaga, 's dh'fhalbh e dhan oidhche chiar a bha muigh. Cheannaich e botal ruma, 's thòisich e a' dèanamh a shlighe dhachaigh, mu dheireadh.

Beag-fhaclair – Caibideil 18 – Deireadh

loma-làn   *crammed full*
batail bhrùideil   *brutal battles*
air an reubadh às a chèile air gach taobh   *torn apart on all sides*
a' feuchainn ris a' chùis a dhèanamh air a chèile   *trying to surpass each
   other*
brùidealachd   *brutality*
a' cleasachd   *joking, capering*
làn àigheir   *full of joy*
cha robh e gu diofar   *it didn't matter*
pàrtaidh taingealachaidh   *a thanksgiving party*
caoidh agus laoidhean   *grieving and hymns*
a thuit is nach èireadh   *who had fallen and wouldn't rise again*
a' taomadh le daoine   *teeming with people*
an impis falbh   *about to go*
faoin   *silly*
na h-eòlaichean   *the experienced ones*
an fheadhainn a bha thall 's a chunnaic   *those with experience of the
   situation*
a' magadh   *making fun*
cruadal   *hardship*
dòrainn   *misery*
rùrach   *searching*
cìobaire   *shepherd*
air starsaich   *on the brink*
àbhaisteach   *ordinary*
air sgrios a dhèanamh   *had caused mayhem*
uidheamachd bàis   *machinery of death*
fòirneart   *violence, fighting*
borb   *barbaric*
gnìomhan murtail   *murderous deeds*
feallsanachd   *philosophy*
oidhche chiar   *dark night*

Useful web sites

Comhairle nan Leabhraichean (The Gaelic Books Council)
www.gaelicbooks.org

Bòrd na Gàidhlig (a Gaelic development agency)
www.bord-na-gaidhlig.org.uk

Comunn na Gàidhlig (another development agency)
www.cnag.org.uk

Clì Gàidhlig (21st Century Voice of Gaelic Learners)
www.cli.org.uk

My Gaelic (online magazine)
www.mygaelic.com